Pemerity Eagle

Das inoffizielle Harry Potter Lexikon

Alles, was ein Fan wissen muss – von Acromantula bis Zentaur

Dieses Buch ist kein offizielles Lizenzprodukt und wurde weder von J. K. Rowling, ihrem Verlag noch von Warner Bros. Entertainment Inc. autorisiert, genehmigt oder lizenziert.

riva

INHALT

Vorwort 5
Das Quiz für ultimative Potterheads 6
Auflösung und Auswertung 12
Die beeindruckendsten magischen Tierwesen 16
Die wichtigsten magischen Artefakte 38
Die meistgehassten Charaktere 56
Die mächtigsten Hexen und Zauberer 74
Die gefährlichsten Todesser 96
Die bedeutendsten Kämpfe 110
Die traurigsten Tode 128
Die unvergesslichsten Momente 142
Die verrücktesten Fantheorien 162
Charaktere in Buch und Film 184
Unterschiedliche Charaktere, die in den Filmen umbesetzt wurden 198
Latest News und Gerüchte 202
Über die Autorin 207

VORWORT

Das inoffizielle Harry-Potter-Lexikon versorgt dich mit spannenden Informationen rund um Harry Potter, seine Verbündeten und Widersacher sowie die fantastische Welt der Hexen und Zauberer, die Joanne K. Rowling mit ihrer beliebten Buchreihe geschaffen hat.

Eines gleich vorweg: Dieses Buch ist kein simples Nachschlagewerk mit grundlegenden Zahlen, Daten und Fakten, die jeder eingefleischte Harry-Potter-Fan kennt. Du begibst dich vielmehr auf eine Reise in die fabelhafte Welt von Hogwarts und tauchst noch einmal in das Harry-Potter-Universum ein mit all seinen wundersamen Wesen, liebenswerten Charakteren, mutigen Helden und seinen noch mutigeren Taten, aber auch mit all den grausamen Bösewichten, furchterregenden Ungeheuern und unverzeihlichen Ereignissen. Du kannst nach Herzenslust in Erinnerungen schwelgen, denn bestimmt gibt es so einige Situationen, an die du dich mit Freude zurückerinnerst, oder auch andere, die damals deinen Atem stocken ließen oder dich traurig machten. Und egal, ob du die Bücher schon mehrfach verschlungen oder die Filme bereits hundertmal gesehen hast (oder beides): Mit Sicherheit entdeckst du bei der Lektüre noch vieles, was dir bisher verborgen blieb oder dir noch nicht aufgefallen ist! Es gibt unzählige unauffällige, aber gewaltige Botschaften, die in den verschiedensten Ereignissen in der Harry-Potter-Saga versteckt sind.

Welche Zauberwesen haben uns am meisten beeindruckt? Welche spannenden Duelle wurden ausgefochten und wer ging als Sieger hervor? Und was ist uns bisher über die hinterlistigsten Charaktere der Zauberwelt entgangen? Die Hitlisten in Teil I des Buchs geben spannende Rückblicke und Einblicke. Vermutlich scheiden sich die Geister an der einen oder anderen Stelle, denn trotz all der Fakten ist die Reihenfolge schließlich zu einem gewissen Maß subjektiv. In den Filmen wurden Joanne K. Rowlings fantasievollen Beschreibungen auf der Leinwand noch einmal zum Leben erweckt – doch so manches Mal ziemlich anders als in der literarischen Vorlage, wie du in Teil II erfahren wirst.

Komm mit auf die fantastische Reise und lass dich aufs Neue verzaubern und inspirieren!

Deine Pemerity Eagle

DAS QUIZ FÜR ULTIMATIVE POTTERHEADS

Selbstverständlich geht jeder Harry-Potter-Fan davon aus, dass er sämtliche Fragen zu seinem Helden und dessen Leben beantworten kann. Doch ist es überhaupt möglich, bei dieser beinahe unüberschaubaren Fülle an Wissen wirklich über alles Bescheid zu wissen? Dieses Quiz ist nicht nur für alle Harry-Potter-Fans geeignet, um ihr wahres Wissen zu testen. Es ist vielmehr ein Beweis dafür, dass der- oder diejenige noch eine Stufe weitergegangen und zum echten Potterhead mutiert ist.

Klar ist: Nur wer alle Antworten kennt, und zwar ohne irgendwo nachzuschlagen, ist ein wahrer Experte, wenn es um Harry Potter und seine Zeit an der Hogwarts-Schule für Hexerei und Zauberei geht. Und nur wer die folgenden zehn Fragen plus Zusatzfragen ohne langes Zögern – und natürlich ohne Schummeln! – beantworten kann, darf sich als absolut allwissenden Potterhead bezeichnen. Wenn du weniger Punkte hast, stürz dich am besten direkt in die Lektüre! Am Ende wirst auch du ein eingefleischter Potterhead sein.

Also, teste dein Wissen! Es ist immer nur eine Antwort richtig.
Die Auflösung gibt es zum Schluss.

1. Welchen Patronus hat Luna Lovegood?

a) Eule
b) Seeotter
c) Fisch
d) Hase

2. Welchen Zauberspruch verwenden Harry und seine Freunde am häufigsten?

a) Amnesia, der Vergessenszauber
b) Evanesco, der Verschwindezauber
c) Stupor, der Schockzauber
d) Expelliarmus, der Entwaffnungszauber

Zusatzfrage: Weißt du auch, was die jeweiligen Zauber bewirken?

3. Was bewirkt der Zauberspruch Tergeo?

a) Er verwischt sämtliche Spuren.
b) Er dient zum Auffinden verloren gegangener Gegenstände.
c) Er dient nur zum Aufspüren von Personen.
d) Er ist ein perfekter Helfer für den lästigen Abwasch.

Zusatzfrage: Weißt du auch, welche Zaubersprüche die restlichen genannten Resultate bewirken?

4. Welchen Zaubertrank nutzte Harry, um in Professor Slughorns Gedächtnis einzudringen?

a) Veritaserum: Dieses Wahrheitsserum bewegt das Opfer dazu, alles preiszugeben.
b) Gripsschärfungstrank: Er schärft die Sinne und macht dadurch einfallsreicher. Eine Befragung unter dem Einfluss dieses Gebräus erleichtert es dem Anwender enorm, die richtigen Fragen zu stellen.
c) Felix Felicis: Dieser Glückstrank macht im Grunde alles möglich, da er den Anwender von Ängsten und Spannungen befreit.
d) Gregor-Zaubertrank: Wenn man diesen Trank zu sich nimmt, verliert man jeden Argwohn zu seinem Gegenüber. Man geht davon aus, dass dort der beste Freund sitz, dem man getrost alles anvertrauen kann. (Der Gregor- Zaubertrank ist den Wenigsten bekannt, da er nur auf den Sammelkarten zu Gregor dem Kriecher zu finden ist!)

Zusatzfrage: Und weißt du auch, wie man die genannten Tränke zubereitet?

5. Welcher Zauberspruch ist eindeutig die falsche Wahl, wenn man sich verstecken will?

a) Lumos
b) Nox
c) Quietus
d) Silencio

Zusatzfrage: Weißt du auch, was die jeweiligen anderen Zaubersprüche bewirken?

6. Wer war das erste Versteinerungsopfer des Basilisken?

a) Hermine
b) Ginny
c) Mrs. Norris
d) Colin Greevy

Zusatzfrage: Wen hat der Basilisk sonst noch versteinert?

7. Was passiert mit einem Opfer, das mit dem Rictusempra-Zauber verhext wird?

a) Es kann sich vor Lachen nicht mehr halten, weil es unaufhörlich gekitzelt wird.
b) Es ist nicht mehr fähig zu gehen, sondern windet sich wie eine Schlange am Boden.
c) Es wird sofort aus einer Ohnmacht geholt und ist wieder ganz bei Sinnen.
d) Es wird dazu gezwungen loszulassen. Besonders wirkungsvoll ist der Spruch deshalb bei Klammergriffen oder -flüchen.

8. Was hat Dumbledore Hermine nach seinem Tod hinterlassen?

a) Einen Zeitumkehrer
b) Die Märchen von Beedle dem Barden
c) Ein Denkarium
d) Eine Tüte Bertie Botts Bohnen jeder Geschmacksrichtung

9. In welchen Situationen hat der Alohomora-Zauber in den Büchern versagt?

a) Um in die geschlossene Abteilung des St. Mungo Hospitals zu gelangen.
b) Um die Tür zu öffnen, die den Weg zur Kammer des Schreckens frei machen soll.
c) Um das Fenster von Professor Flitwicks Büro zu öffnen, in dem zu diesem Zeitpunkt Sirius Black festgehalten wurde.
d) Der Alohomora-Zauber hat nie versagt.

10. Wie sah Harrys erste Strafaufgabe aus?

a) Er musste sämtliche Pokale in Hogwarts polieren.
b) Professor Lockhart verdonnerte ihn dazu, stundenlang seine Autogrammkarten zu signieren.
c) Er musste mit Hagrid in den Verbotenen Wald.
d) Ein Aufsatz mit mindestens 100 Seiten raubte ihm den letzten Nerv.

Zusatzfrage: In welchen Harry-Potter-Bänden kamen die übrigen genannten Strafarbeiten vor?

Auflösung und Auswertung

1: d) - 2: d) - 3: a) - 4: c) - 5: a) - 6: c) - 7: a) - 8: b) - 9: b) - 10: c)

Jede richtige Antwort gibt einen Punkt. Zähl sie zusammen und schau dir in der Auswertung an, wo du dich einordnen darfst.

Bis 4 Punkte: Mies - Harry-Potter-Novize

Du scheinst noch nicht so ganz in der magischen Welt der Hexerei und Zauberei angekommen zu sein. Aber sei deswegen nicht traurig. Womöglich hast du den Trend einfach nur verschlafen und entdeckst erst jetzt mit etwas Verspätung die wunderbare Welt von Hogwarts und Harry Potter. Da kann man nur sagen: Besser spät als nie! Lies weiter fleißig die Harry-Potter-Bände oder schau dir die Verfilmungen an, dann schneidest du beim nächsten Quiz bestimmt viel besser ab!

5 bis 7 Punkte: Annehmbar – Solider Harry-Potter-Fan

Du besitzt zweifellos solides Grundwissen über das Potterversum, aber ab und zu musst du eben doch passen. Macht nichts, es ist schließlich noch kein Hexenmeister vom Himmel gefallen, oder? Solltest du vor allem bei den Fragen zu den Zaubertränken und -sprüchen Schwierigkeiten gehabt haben, wirf doch mal einen Blick in *Das inoffizielle Harry-Potter-Buch der Zauberei – Geheimes Wissen von A wie Accio bis Z wie Zentaur*. Darin findest du neben speziellen Informationen zur Zauberei auch viel Wissenswertes rund um magische Pflanzen, Wesen und Orte.

8 bis 10 Punkte: Erwartungen übertroffen – Absoluter Potterhead

Du kennst die Harry-Potter-Geschichten nahezu in- und auswendig und kannst vermutlich auch bei der einen oder anderen Filmszene die Dialoge Wort für Wort mitsprechen. Kein Wunder, dass du die meisten Fragen in diesem Quiz problemlos richtig beantworten konntest. Respekt! Immer weiter so, denn ein Quäntchen fehlt noch, damit du die nächste Stufe magischen Wissens erklimmen kannst.

10 Punkte plus alle Zusatzfragen: Ohnegleichen – Absolut allwissender Potterhead

Wenn du nicht nur alle Fragen richtig beantworten konntest, sondern zudem auch wie aus der Pistole geschossen die Antworten auf alle nicht gestellten Fragen gegeben hast, zum Beispiel wozu die anderen genannten Zaubertränke und Zaubersprüche dienen und in welchem Band beziehungsweise Film alle genannten Situationen stattgefunden haben – mitsamt allen beteiligten Personen, versteht sich –, darfst du mit Stolz den Titel »Absolut allwissender Potterhead« tragen.

Teil 1

In diesem Teil dreht sich alles um die interessantesten Begebenheiten aus der Harry-Potter-Saga. Wir begeben uns auf eine Reise zurück in Harrys Welt und werfen einen Blick auf die Geschehnisse in Form von Hitlisten. Welches sind die mächtigsten Zauberer? Wer ist mit Abstand der nervigste Charakter? Wessen Tod war der tragischste in der Harry-Potter-Welt? Und welche Momente der Saga sind einfach unvergesslich? Beim Schmökern und Schmunzeln stößt du immer wieder auf Hintergrundinformationen, die du so noch gar nicht kanntest.

Die beeindruckendsten magischen Tierwesen

Was wäre Harry Potter ohne magische Tierwesen? Sie sind fester Bestandteil der Geschichten und auch mitverantwortlich für den einzigartigen Flair, der das Publikum in die Welt der Hexen und Zauberer entführt. Die Vielfalt der Kreaturen zeigt sich dabei nicht nur in ihrem Aussehen, sondern auch in ihren Fähigkeiten. Manche von ihnen sind liebenswert oder witzig. Andere jagen einem beim bloßen Anblick Schauer über den Rücken und sind überaus gefährlich.

Magische Tierwesen sind viel mehr als Statisten oder schmückendes Beiwerk der Harry-Potter-Saga. Sie spielen oftmals eine wichtige Rolle und beeinflussen das Geschehen maßgeblich. Was wäre zum Beispiel eine Kammer des Schreckens ohne den furchterregenden Basilisken oder Hogwarts ohne fleißige Hauselfen? Unzählige Kreaturen tummeln sich in Harry Potters Welt, und alle sind auf ihre Weise faszinierend. Es ist unmöglich, sie alle an dieser Stelle aufzuzählen. Außerdem gibt es dafür bereits ein Standardwerk mit ausführlichen Beschreibungen, nämlich *Phantastische Tierwesen und wo sie zu finden sind.* In diesem Kapitel soll es daher vor allem Dingen um jene Wesen gehen, die eine direkte Auswirkung auf die Geschichten beziehungsweise einzelne Charaktere haben.

10

Platz 10: Thestrale

Thestralen eilt ein negativer Ruf voraus. In der Zaubererwelt gelten diese merkwürdigen Wesen, die eine Mischung aus Reptil und Pferd sind, als Unglücksbringer. Wahrscheinlich trägt ihr außergewöhnliches Aussehen dazu bei, dass sie als schlechtes Omen gelten – und das obwohl viele Hexen und Zauberer sie gar nicht sehen können.

Die fleischfressenden Tiere ähneln in Statur und Größe zwar einem Pferd. Was den Rest betrifft, könnte man sie jedoch durchaus in die Kategorie »Monster« packen: Nackte Haut spannt sich über ein riesiges Skelett. Die gigantischen schwarzen Flügel sind ledrig und dünn wie die einer Fledermaus. Und ihr Kopf, in dem sich milchige, ausdruckslose Augen befinden, ähnelt eher einer Echse als einem Pferd. Sie werden aufgrund ihres Aussehens mit dem Reich der Toten in Verbindung gebracht und deshalb für unheimlich beziehungsweise unheilbringend gehalten. Wer sich aber näher mit ihnen auseinandersetzt, wird feststellen, dass es sich bei dieser Gattung um sehr sanfte und friedliebende Tiere handelt. Sie können hervorragend als Nutztiere eingesetzt werden – Hogwarts ist das beste Beispiel dafür: Hier sind es die Thestrale, die Jahr für Jahr vor die Kutschen gespannt werden, mit denen die Schüler vom Bahnhof in Hogsmeade zum Schloss gebracht werden. Allerdings muss man hinzufügen, dass es sich dabei um eine Herde handelt, die von Hagrid erzogen wurde und im Verbotenen Wald lebt. Wilde Thestrale haben indessen nichts gegen einen Happen Menschenfleisch einzuwenden. Also besser gebührenden Abstand halten ... vorsichtshalber.

Einen Thestral kann nur derjenige sehen, der den Tod gesehen und akzeptiert hat. Deshalb sind es auch Luna Lovegood und Harry Potter, die als Erste sehen können, wer die Kutschen der Schule in Wirklichkeit zieht. Für alle anderen Schüler bewegen sich die Transportmittel wie von Zauberhand ganz von allein.

Platz 9: Irrwichte

Irrwichte gehören schon deshalb zu den beeindruckendsten magischen Kreaturen, weil sie auf so einfache Art und Weise so viel Angst schüren: Sie verwandeln sich immer in das, wovor der Betrachter die größte Angst hat. Was für den Irrwicht eine seine leichtesten Übungen ist, stellt manch einen Zauberlehrling vor eine beinahe unlösbare Aufgabe. Während derjenige mit seiner größten Angst konfrontiert und dadurch oftmals wie gelähmt ist, muss er sich für den Gegenzauber etwas total Lächerliches vorstellen. Bei »normalen« Erscheinungen des Irrwichts ist es der Riddikulus-Zauber, der die unliebsame Kreatur schnell verschwinden lässt.

Harry nutzt die Eigenschaft der Irrwichte, um seinem schlimmsten Feind – den Dementoren – gegenüberzutreten und dadurch seinen Patronuszauber zu üben. Es ist eine der sympathischen Eigenarten der Autorin, dass durch den Zauberspruch gegen Irrwichte einmal mehr eine uralte Lebensweisheit transportiert wird: Lachen ist die beste Medizin! Denn wie oft verstrickt man sich in dunkle Gedanken, die man eigentlich einfach weglächeln könnte, wenn man nur auf die Idee käme?

Platz 8: Acromantula

Diese riesenhaften Giftspinnen werden vom Zaubereiministerium nicht umsonst als »lebensgefährlich« und »unzähmbar« eingestuft. Wer es mit einer von ihnen zu tun bekommt, hat nur geringe Chancen, dieser Begegnung lebend zu entfliehen. Die Spinnenmonster können eine Größe von bis zu fünf Metern erreichen und ernähren sich hauptsächlich von Fleisch – ganz egal welches. In ihren riesigen Greifwerkzeugen befinden sich messerscharfe Klingen, die zusätzlich mit dem gefürchteten Acromantula-Gift getränkt sind. Die einzige Kreatur, die selbst die Acromantulas fürchten, ist der Basilisk.

Mit ihren Greifwerkzeugen erzeugen Acromantulas Klickgeräusche, die bei genauerem Hinhören als menschliche Sprache zu verstehen sind. Daher wird angenommen, dass Zauberer selbst diese Kreaturen gezüchtet haben. Sie setzten sie als Wächter für ihre Wohnhäuser und ihre Schatzkammern ein.

Allerdings sind diese Geschöpfe nicht nur mordende Monster, sondern verfügen über eine nicht zu verachtende Intelligenz. Das wird spätestens in *Harry Potter und die Kammer des Schreckens* klar, als sich Harry und Ron mit Aragog, der Acromantula, die Hagrid einst aufzog, treffen. Aragog hat sich Hagrid zuliebe dazu verpflichtet, niemals einen Menschen anzugreifen. Dass dieser Schwur sich leider nur auf ihn selbst und nicht auf seine zahlreiche Nachkommen bezieht, die ebenfalls im Verbotenen Wald leben, wird den beiden Zauberschülern erst im Laufe dieser Unterhaltung bewusst und sie entkommen wieder einmal nur knapp dem sicheren Tod.

Platz 7: Drachen

Was wäre eine magische Welt ohne Drachen? Seit Anbeginn der Zeit berichten die Menschen immer wieder von solchen sagenumwobenen Riesenechsen, die meist in spektakulären Kämpfen um Leben und Tod besiegt werden müssen. Deshalb dürfen diese Ureinwohner jeder magischen Welt oder Geschichte natürlich auch bei Harry Potter nicht fehlen. Drachen stehen für unbesiegbare Kraft gepaart mit magischer Macht und sind somit das ideale Symbol für alles, was mit Magie und Zauberei zu tun hat.

Was ihr Aussehen und ihre Ausmaße betrifft, sind sie in der Harry-Potter-Welt je nach Rasse sehr unterschiedlich. Gemeinsam ist allen, dass die Weibchen immer größer und aggressiver sind als die Männchen. Das hat den logischen Hintergrund, dass es die Weibchen sind, die das Gelege bewachen. Außerdem haben alle Rassen Flügel und können Feuer speien. Sie werden bis zu dreizehn Meter lang und können bis zu acht Tonnen wiegen. Manche von ihnen verfügen über giftige Stacheln, andere haben mit Gift getränkte Zähne oder Klauen. Generell sollte man die nähere Bekanntschaft mit einem Drachen also tunlichst vermeiden. Denn obwohl es sogar relativ friedliche Rassen gibt, zählen sie zu den gefährlichsten Tierwesen der magischen Welt.

Doch gerade wegen ihrer großen magischen Macht fallen Drachen auch immer wieder Hexen und Zauberern zum Opfer, die sich diese Fähigkeit zunutze machen wollen. Die Organe toter Drachen stehen bei ihnen hoch im Kurs, wenn es darum geht, diverse Zaubertränke zu brauen. Aber auch die Fasern ihrer Herzen sind seltene und hochbegehrte Güter, weil aus ihnen der magische Kern von Zauberstäben hergestellt werden kann. Selbst ihre Haut wird verwendet, um unzerstörbare Schutzkleidung zu fertigen.

Harry macht erstmals in Hagrids Hütte mit einem norwegischen Stachelbuckel Bekanntschaft, als er in *Harry Potter und der Stein der Weisen* zufälligerweise Zeuge von Norberts Geburt wird, Hagrids geheimem Haustier. Später bekommt er die Macht dieser Kreaturen am eigenen Leib zu spüren, als er sich während des Trimagischen Turniers in *Harry Potter und der Feuerkelch* mit einem Drachenweibchen, einem ungarischen Hornschwanz, auseinandersetzen muss.

Platz 6: Werwölfe

Die Werwölfe in Harrys Welt unterscheiden sich in einem Detail von den »herkömmlichen«, wie sie zum Beispiel aus den verschiedenen Filmen bekannt sind: Sie können sich sowohl auf zwei als auch auf vier Beinen fortbewegen. Ansonsten sind sie genauso triebgesteuert und damit todbringend wie die Werwölfe aus anderen Geschichten. Sie gehören zu den gefährlichsten Wesen überhaupt, da sie ihre Instinkte mithilfe übermenschlicher Kraft ausleben. Einmal gebissen, verwandelt sich der Infizierte immer zu Vollmond von einem Menschen in einen Werwolf. Das menschliche Bewusstsein setzt aus und die Bestie macht sich des Nachts auf Menschenjagd. Werwölfe können sich der Verwandlung nicht entziehen. Auch Harry, Ron und Hermine müssen sich mehrmals vor diesen monströsen Kreaturen in Sicherheit bringen. Remus Lupin, Professor für Verteidigung gegen die Dunklen Künste in Harrys drittem Schuljahr, stellt eine Ausnahme dar. Mithilfe des kompliziert zu brauenden Wolfsbann-Tranks, den Snape extra für ihn herstellt, kann er während der Verwandlung sein Bewusstsein wahren und sich als harmloser Wolf in sein verschlossenes Büro zurückziehen.

Die Autorin Joanne K. Rowling hat den Werwolf noch aus einem ganz anderen Grund in die Geschichte eingebunden, als den Spannungsbogen zu erhöhen. Mit dieser Gestalt wollte sie auf den Umgang von Menschen mit Krankheiten aufmerksam machen, die gesellschaftlich geächtet werden.

Platz 5: Hippogreife

In diesem Fall ist der Begriff »beeindruckend« schon beinahe eine Beleidigung, denn Hippogreife sind die wohl stolzesten Wesen, die schon seit der griechischen Mythologie die Fantasie der Menschen beflügeln. Und das im wahrsten Sinne des Wortes: Die gewaltigen Schwingen und der Kopf eines Adlers, gepaart mit der Schönheit eines Pferdekörpers sind wohl der Inbegriff eines wahrhaft »majestätischen« Äußeren.

Hippogreife sind schon aufgrund ihrer Statur – die Spannweite ihrer Flügel kann bis zu vier Meter betragen –, des messerscharfen Schnabels und der ebenso gefährlichen Klauen mit größter Vorsicht zu genießen. Die Tiere gestatten es generell nur denjenigen, sie anzufassen oder zu reiten, die wissen, wie man sich ihnen respektvoll nähert. Dazu gehört eine vorsichtige und ruhige Annäherung mit einer formvollendeten Verbeugung. Dabei sollte man den Hippogreif allerdings nie aus den Augen lassen! Erwidert das Tier dieses Ritual mit einer eigenen kleinen Verbeugung, hat er den »Eindringling« akzeptiert. Tut er das nicht, sollte dieser sich so schnell und ruhig wie möglich aus dem Staub machen.

Dass diese Tierwesen auch sehr gefährlich werden können, erfährt Draco Malfoy in *Harry Potter und der Gefangene von Askaban* am eigenen Leib. Der von Hagrid gezähmte Hippogreif Seidenschnabel stellt nämlich, was den Stolz der Wesen betrifft, keine Ausnahme dar. Deshalb reagiert er auf die Überheblichkeit und das forsche Vorgehen des Jungen äußerst gereizt und aggressiv, was Draco einen Aufenthalt in der Krankenstation von Hogwarts beschert.

Aufgrund des Angriffs wird Seidenschnabel auf einen Beschluss des Zaubereiministeriums hin zum Tode verurteilt. Harry und Hermine schaffen es jedoch, ihn zu retten, kurz bevor das Urteil vollstreckt werden kann. Mit Seidenschnabels Hilfe retten sie auch Sirius aus seiner Gefangenschaft, der daraufhin auf seinem Rücken flieht und ihn zu seinem lebenslangen Begleiter macht.

Platz 4: Phönix

Es gibt keine andere Kreatur in der Zaubererwelt, die ihren eigenen Tod immer wieder aufs Neue erlebt. Der Phönix ist daher auf gewisse Weise unsterblich und damit Träger starker magischer Energie. Phönixe gehören zu den beeindruckendsten Wesen der magischen Welt, wobei sie auch immer noch Rätsel aufgeben, denn über welche Fähigkeiten sie verfügen, weiß niemand ganz genau. Sicher ist ihre immense magische Kraft, die sich auch in den Zauberstäben von Harry und Lord Voldemort findet – denn beide enthalten im Kern eine Phönixfeder von Fawkes. Zudem wird erwähnt, dass sie mühelos große Lasten transportieren, mit ihren Tränen Verletzungen heilen, sich an einem Ort in Luft auflösen, um an einem anderen wieder Gestalt anzunehmen, und dass sie mit ihrem Gesang den Willen der Mutigen stärken und Furcht bei denen auslösen, die weniger guter Gesinnung sind.

Fawkes, der Phönix von Albus Dumbledore, ist ein prächtiger roter Vogel mit goldenen Schwanzfedern und mit Sicherheit eine Ausnahme, da diese Kreaturen sich normalerweise nicht unterwerfen und als Haustiere bei Magiern leben. Was aber die Demonstration seiner Fähigkeiten betrifft, ist er ein Paradebeispiel für alle Wesen dieser Art. Er ist es, der Harry im zweiten Schuljahr vor dem Basilisken bewahrt und ihm gleichzeitig das Schwert von Gryffindor überbringt, damit der junge Zauberschüler sich gegen das Monster verteidigen kann. Es sind seine Tränen, die Harry vor dem sicheren Tod durch das Basiliskengift retten, das nach dem Angriff der Kreatur in seinen Adern fließt. Und es ist Fawkes, der am Ende Ginny, Harry und Professor Lockhart gleichzeitig aus dem Verlies transportiert.

Platz 3: Basilisk

»Wenn Blicke töten könnten« – dieser Spruch ist in diesem Fall durchaus wörtlich gemeint. Der König der Schlangen ist bereits seit der griechischen Mythologie bekannt und treibt seitdem immer wieder sein Unwesen in unzähligen Geschichten. Die alten Griechen beschreiben den todbringenden Basilisken auf eine Weise, dass sogar die Pflanzen in seiner Nähe verenden. In den Vorstellungen im Mittelalter kann die Schlange einzig von einem Wiesel getötet werden. Unser bekanntes Exemplar lebt in den Grundmauern von Hogwarts und ist nicht weniger todbringend als die Exemplare in den antiken Darstellungen. Doch alle Erzählungen haben noch mehr gemeinsam: Der Basilisk ist und bleibt eines der beeindruckensten Tierwesen überhaupt. Die bis zu fünfzehn Meter lange grüne Schlange verfügt nicht nur über einen magischen Blick, der sein Opfer innerhalb von Sekunden tötet, sondern auch über ein spezielles tödliches Gift auf seinen Fangzähnen.

Basilisken gehören zu den gefährlichsten magischen Tierwesen, die es in Harry Potters Welt gibt. Diese Kreaturen können sogar mehrere Jahrhunderte alt werden. Das Einzige, was einen Basilisken auf der Stelle tötet, ist das Krähen eines Hahns. Diese merkwürdige Achillesferse des Monsters ist auf seine ebenso merkwürdige Geburt zurückzuführen. Ein Basilisk kann nur dann geboren werden, wenn eine Kröte ein Hühnerei ausbrütet. Das mächtige Wesen ist also kaum zu besiegen. Harry ist in seinem zweiten Schuljahr solch einem Monster begegnet. Der Sieg gelang ihm nur mit Fawkes Hilfe, der ihm das Schwert Gryffindors in die Kammer bringt.

Wenn der Basilisk seinen tödlichen Blick auf sein Opfer gerichtet hat, ist es möglich, ihn mithilfe eines Spiegels oder eines anderen reflektierenden Gegenstands umzuleiten. Doch selbst wenn dieses Kunststück gelingt, ruft sein Blick trotzdem eine Versteinerung hervor. Um diese zu lösen, benötigt man einen äußerst schwer herzustellenden Trank aus Alraunen. Gelingt es dem Basilisken, sein Gift in das Opfer zu injizieren, verteilt es sich innerhalb weniger Sekunden im ganzen Körper.
Die einzige Möglichkeit, diesen Angriff zu überleben, sind die Tränen eines Phönix, die das Gift der Schlange neutralisieren.

Platz 2: Dementoren

Sie zählen zwar wie so viele andere nicht zu den beliebtesten Kreaturen der Zauberwelt, dennoch muss ihnen einen Platz unter den bedeutendsten Wesen eingeräumt werden. Dementoren sind nur für Zauberer und Hexen sichtbar. Muggel und Squibs sehen die grauenhaften Gestalten zwar nicht, können jedoch die Traurigkeit und die Eiseskälte, die von ihnen ausgeht, fühlen.

Wie ihr Name schon sagt, entziehen Dementoren einem Menschen seinen Geist: de (lat. für: aus, heraus), mens (lat. für Geist, Seele). Genau das passiert nämlich, wenn ein Dementor einen Menschen »küsst«. Wahrscheinlich eine der schrecklichsten Vorstellungen überhaupt. Denn ein Mensch ohne Seele beziehungsweise ohne Geist ist lediglich eine Körperhülle ohne jedwede Persönlichkeit, Erinnerung oder Gefühle.

Doch auch ohne den Kuss der Dementoren ist ihre Gegenwart, vor allem auf Dauer, beinahe genauso schlimm. Sind diese Kreaturen in der Nähe, entziehen sie ihren Opfern jede Freude und die Erinnerung an das Glück. Sie produzieren sozusagen eine Endlosschleife der absoluten Traurigkeit, in der man immer wieder die schrecklichsten Momente seines Lebens durchmacht. Das ist insbesondere für Menschen wie Harry, die schon viel Trauriges erleben mussten, kaum zu ertragen. Aufgrund dieser Fähigkeit werden die Dementoren auch vom Zaubereiministerium dazu ermächtigt, das Zauberergefängnis Askaban zu bewachen, denn die Insassen sind allein durch die An-

wesenheit der Kreaturen wie gelähmt. Außerdem weiß jeder um die Wirkung des Kusses der Dementoren, sodass schon der bloße Gedanke an eine Flucht im Keim erstickt wird. Ausnahmen bestätigen wie immer die Regel, man denke an Sirius Black oder Bellatrix Lestrange.

Bei Sirius ist es der unbedingte Wille, den echten Verräter von James und Lily Potter zu finden und gleichzeitig Harry, den Sohn seines Freundes, vor eben jenem menschlichen Scheusal zu retten. Diese beiden Punkte treiben ihn an und sind gleichzeitig im Grunde genommen unglückliche Gedanken. Da sich die Dementoren ja aber vom Glück ihrer Opfer nähren, haben sie in diesem Fall nicht die Macht, Sirius` Zauberkräfte zu zerstören. Genau deshalb gelingt ihm in *Harry Potter und der Gefangene von Askaban* die Flucht aus Askaban.

Bellatrix Lestrange soll eigentlich wegen der Folter an Nevilles Eltern, durch die beide ihren Verstand verlieren, eine lebenslange Haftstrafe in Askaban verbüßen. Nachdem sich aber auch die Dementoren selbst Anfang des Jahres 1996 dem wiedergekehrten Dunklen Lord anschließen, ist es für die boshafte Hexe ein Leichtes, dem Gefängnis zu entkommen.

Dementoren entstehen aus dem Nichts heraus, vor allem wenn sie genügend Nährboden finden. Ein solcher Nährboden entsteht in Zeiten der Traurigkeit und Gefahr. Unter diesen Voraussetzungen sprießen diese grauenhaften Zeitgenossen wie Pilze aus dem Boden. Der Anblick dieser furchterregenden Kreaturen ist ein wahrer Albtraum: Die riesigen, in schwarze Umhänge gewandeten Wesen gleiten lautlos über den Boden. Ihr rasselnder Atem lässt jeden erschaudern und ihr Gesicht verbirgt sich hinter einer Kapuze. Letzteres bekommt nur derjenige zu sehen, den die Dementoren küssen wollen. Einer dieser seltenen Augenzeugen ist Harry, der den Dementoren in *Harry Potter und der Gefangene von Askaban* im allerletzten Moment entkommen kann. Wie du weißt, klappt das allerdings nur, weil ihm sein zeitreisendes Alter Ego hilft. Selbst für den begabten Harry bedeutet es eine beinahe übermenschliche Anstrengung, sich aus den Fängen der alles unterdrückenden Traurigkeit zu winden. Was er beim Anblick der Dementoren zu Gesicht bekommt, ist grauenvoll: Die Kreaturen haben keine Augen, sondern schorfige Stellen in einem fahlen, mit schleimiger Haut überzogenen Gesicht. Durch ihren Schlund saugen sie ihren Opfern die Seele aus dem Leib.

Selbst Harry ist so beeindruckt von den Dementoren, dass sein Irrwicht beim Üben mit Professor Lupin in Verteidigung gegen die dunklen Künste nicht die Gestalt Voldemorts, sondern jene dieser schrecklichen Kreaturen annimmt. Seine größte Angst gilt also nicht dem Dunklen Lord, sondern der Fähigkeit der Dementoren, ihn immer wieder den Verlust seiner Eltern spüren zu lassen. Der Verlust ihrer Liebe wiegt schwerer als jeder Kampf gegen das Böse.

Laut J. K. Rowling waren es der Verlust ihrer Mutter und die Scheidung von ihrem Mann, die sie selbst in eine tiefe Depression sinken ließen. Mit der Gestalt der Dementoren personifiziert sie im dritten Teil der Saga dieses andauernde und grauenvolle Gefühl der Traurigkeit. Doch so wie sie durch das Schreiben ihre Depressionen überwand, schafft es auch Harry, die Dementoren mithilfe seines Patronus abzuwehren. Dementoren sind also weit mehr als Fantasiegestalten in einem Buch. Sie sind allgegenwärtig – und es ist manchmal das Schwerste überhaupt, seinen eigenen Patronus zu finden, der einem in so schwierigen Zeiten beisteht. Dennoch schafft es die Autorin, jedem Mut zu machen, um sich diesem schwierigen inneren Kampf zu stellen: »Glück kann sogar in der dunkelsten Stunde gefunden werden, wenn man daran denkt, das Licht anzumachen«, lässt sie Professor Dumbledore in *Harry Potter und der Gefangene von Askaban* sagen.

Platz 1: Hauselfen

Klare Sache, der erste Name, der fast jedem Harry-Potter-Fan einfällt, wenn es um Hauselfen geht, ist Dobby. Obwohl - oder vielleicht gerade weil - er einen absolut untypischen Elfen darstellt, schafft er es, sich einen wichtigen Platz in Harrys Geschichte zu sichern und damit auch in den Herzen aller Potterheads.

Doch auch abgesehen von Dobbys besonderer Persönlichkeit, sind die Hauselfen ein wichtiger und fester Bestandteil der magischen Welt. Seit Jahrhunderten sorgen sie für das Wohl der Zauberer, indem sie in den Küchen schuften und den Haushalt erledigen. Dabei sind sie mit nicht zu verachtenden magischen Kräften ausgestattet. Sie nutzen diese Kräfte zwar fast nie, aber wenn sie dazu gezwungen werden, können sie mit Leichtigkeit den einen oder anderen Zauberer ohne große Anstrengung ausschalten. Meistens halten sie sich aber an die Regel, dass sie ihre Kräfte nur so einsetzen können, wie es ihnen von ihrem Meister gestattet wird. Um ihre Kräfte zu nutzen, benötigen sie noch nicht einmal einen Zauberstab.

Will man einem Elf die (meistens unliebsame) Freiheit schenken, geht das nur, indem man ihm ein Stück Kleidung übergibt. Doch außer im Falle Dobbys kommt es äußerst selten vor, dass man einen Elfen mit diesem Geschenk glücklich macht. Auch Hermine muss diese verwirrende Erfahrung machen, als sie im vierten Schuljahr eigens zum Wohle der Elfen den B.ELFE.R (Bund für Elfenrechte) gründet. Sie versucht den Elfen dadurch zu mehr Rechten beziehungsweise sogar zur Freiheit zu verhelfen. Einziger Haken an der Sache ist, dass die Elfen weder Interesse an Freiheit noch an mehr Rechten haben.

Kapitel 2

DIE WICHTIGSTEN MAGISCHEN ARTEFAKTE

Je mehr man in die Welt der Hexen und Zauberer eintaucht, desto häufiger begegnet man Gegenständen, die es auf magische Weise in sich haben. Diese sogenannten magischen Artefakte werden durch das Zaubereiministerium kontrolliert, da es sich hierbei zum Teil um äußerst gefährliche Objekte handeln kann, vor allem wenn sie durch schwarzmagische Zauber erschaffen wurden. Davon zu unterscheiden sind Muggelartefakte. Das sind Gegenstände, die aus der Welt der Muggel stammen und zusätzlich mit einem Zauber belegt sind, wie zum Beispiel der Ford Anglia der Weasleys. Sie werden in einer eigens dafür eingerichteten Abteilung des Zaubereiministeriums genauestens aufgelistet und überprüft: dem Büro für den Missbrauch von Muggelartefakten. Dort arbeitet ironischerweise auch Mr. Weasley. In diesem Kapitel geht es aber ausschließlich um die magischen und schwarzmagischen Artefakte, die aus der Zaubererwelt stammen und von Hexen oder Zauberern erschaffen wurden. Sie werden entweder im Alltag eingesetzt oder sind offiziell strengstens verboten – und werden inoffiziell trotzdem benutzt.

Platz 8: Spiegel Nerhegeb

»NERHEGEB Z REH NIE DREBAZ TILT NANIEDTH CIN« – so lautet die Inschrift auf dem großen, goldgerahmten Spiegel. Rückwärts gelesen wird daraus: »NICHT DEIN ANTLITZ ABER DEIN HERZBEGEHREN.« Anhand dieser Inschrift wird klar, was der verzauberte Spiegel bewirkt: Jeder sieht darin das, was sein Herz am meisten begehrt. Die Kurzfassung der Inschrift ist sein Name selbst, denn »Nerhegeb« bedeutet rückwärts gelesen nichts anderes als »Begehren«.

Dieses mächtige Artefakt befindet sich im Besitz von Albus Dumbledore, der es gut verborgen in Hogwarts aufbewahrt. Als Harry den Spiegel in seinem ersten Schuljahr zufällig entdeckt, als er vor dem Hausmeister Argus Filch in ein ungenutztes Klassenzimmer flieht, ist er fasziniert von der Wirkung des verzauberten Möbelstücks. Denn natürlich sieht auch Harry in dem Spiegel das, was sein Herz am meisten begehrt: seine Familie. Er kann sich kaum von dem Anblick lösen. Dumbledore erklärt ihm später, dass schon manch ein Zauberer durch den Blick in den Spiegel Nerhegeb verrückt geworden sei. Dem gegenüberzustehen, was das eigene Herz am meisten begehrt, machte sie unfähig, wieder in die Gegenwart zurückzukehren. Dumbledore nutzt die Fähigkeit des Spiegels, um zu erkennen, welchen echten Herzenswunsch der Betrachter hegt. Er verzaubert den Spiegel mit ei-

nem zusätzlichen Bann, sodass er den Stein der Weisen in ihm verstecken kann, ohne dass ihn der Falsche entwenden könnte. Da der Spiegel erkennt, was in Wahrheit hinter dem Wunsch des Betrachters steckt, wird er den Stein der Weisen nur demjenigen zeigen, der den Stein lediglich finden und verwahren, aber nicht benutzen will. Deshalb ist es auch Harry, der den Stein der Weisen in seiner Hosentasche findet, als er in den Spiegel Nerhegeb blickt, und nicht Prof. Quirrell, der – besessen von Voldemort – aus reiner Machtgier den Stein an sich reißen will.

Der Spiegel Nerhegeb besitzt abgesehen von dieser zusätzlichen »Funktion« durch Albus Dumbledore eine unfassbar starke magische Wirkung. Wahrscheinlich ist dies auch der Grund dafür, warum ihn Dumbledore versteckt hält. Denn wenn er einen Menschen einmal in seinen Bann gezogen hat, ist es sehr schwer, diesem wieder zu entkommen.

Viele wissen nicht, dass selbst Dumbledore seine Schwierigkeiten mit dem Artefakt hat. Gegenüber Harry behauptet der Schulleiter, sich selbst mit einem Paar dicker Wollsocken darin zu sehen. Doch in Wahrheit sieht Dumbledore im Spiegelbild seine Familie, die durch mehrere harte Schicksalsschläge auseinandergerissen wurde, wieder glücklich vereint.

Platz 7: Sprechender Hut

Auf den ersten Blick wirkt der Sprechende Hut vielleicht nicht so, als könnte man ihn als eines der wichtigsten magischen Artefakte der Zaubererwelt bezeichnen. Doch bei näherer Betrachtung wird klar, dass in dem alten Kleidungsstück jede Menge mächtiger Magie steckt. Ursprünglich befand sich der Hut im Besitz von Godric Gryffindor, und der Hogwarts-Gründer war es auch höchstpersönlich, der den Hut so verzauberte, dass er mit dem Schwert von Gryffindor verbunden ist. Nur deshalb gelingt es Harry in der Kammer des Schreckens, das Schwert aus dem Sprechenden Hut zu ziehen, den Fawkes mitbringt. Der Zauber ist dabei so ausgelegt, dass nur ein »wahrer Gryffindor« das Schwert in dem Hut finden kann. Damit sind endlich auch Harrys letzte Zweifel, ob er wirklich ins Haus Gryffindor gehört, zerstreut.

Doch der Sprechende Hut kann noch mehr. In ihm schlummern das Gedächtnis und das Wissen aller Hogwarts-Gründer, die ihn gemeinsam verhext haben. Daher kann er jeden Schüler in das Haus schicken, in dem dieser am besten aufgehoben ist. Der Hut ist in der Lage, ins Innere der Schüler zu blicken und ihren wahren Charakter zu erkennen. Generationen von Hexen und Zauberern verteilt er auf die vier Häuser von Hogwarts, in denen sie ihre magischen Fähigkeiten am besten schulen und ausbilden können.

Abgesehen von der Einteilung in die verschiedenen Häuser, ist es der Sprechende Hut, der zu Beginn eines neuen Schuljahrs vor drohenden Gefahren warnt und die gesamte Schülerschaft jedes Jahr aufs Neue daran erinnert, dass alle zusammenhalten müssen. Er ist sozusagen das sprechende Gewissen der Gründer und wurde ebenso wie Harrys Tarnumhang durch einen Zauber unzerstörbar gemacht.

Platz 6: Zeitumkehrer

Der Zeitumkehrer ist eine kleine silberne Sanduhr an einer Halskette. Mit jeder Umdrehung des Stundenglases reist der Träger eine Stunde zurück. Er kann so die bereits erlebte Zeit ein zweites Mal erleben und sie auf diese Weise doppelt nutzen oder nachträglich etwas in das bereits Erlebte einfügen.

Allerdings bergen solche Zeitreisen auch ein nicht geringes Maß an Gefährlichkeit. Zeitreisende dürfen nichts ändern, was sie bereits erlebt haben. Sie können einzig etwas dazu Passendes einfügen. Während der Zeitreise dürfen sie von niemandem gesehen werden, nicht einmal von sich selbst, da sonst die Naturgesetze von Zeit und Raum auf den Kopf gestellt werden.

Hermine macht sich (in *Harry Potter und der Gefangene von Askaban*), den Zeitumkehrer – natürlich mit ausdrücklicher Genehmigung des Zaubereiministeriums! – zunutze, um in ihrem dritten Schuljahr das Überpensum sämtlicher Fächer, die sie gewählt hat, bewältigen zu können. Sie hat die Auflage vom Ministerium, den Zeitumkehrer geheim zu halten und ihn ausschließlich zu dem Zweck der Bewältigung des Stundenplans zu verwenden. Am Ende des Schuljahres vergeht sie sich aber gravierend an den Auflagen des Ministeriums. Sie weiht Harry in den Gebrauch ein und reist mit ihm zusammen zurück in die Vergangenheit, um Sirius Black und Seidenschnabel zu retten. Zwar verstoßen sie dabei gegen die Zaubereigesetze, schaffen es aber trotzdem, das bereits Geschehene zu wahren und von niemandem gese-

hen zu werden. Neben dem Nutzen des Zeitumkehrers ist es auch einer der gefährlichsten magischen Gegenstände. Denn durch eine Reise in die Vergangenheit können bestehende Tatsachen manipuliert und damit aus dem Gleichgewicht gebracht werden – mit schwerwiegenden Konsequenzen für die Gegenwart.

Der Zeitumkehrer ist ein ebenso mächtiges wie gefährliches magisches Artefakt, sollte es in die falschen Hände geraten. Weise genutzt, kann er dagegen äußerst hilfreich sein.

Platz 5: Denkarium

Ein Denkarium ist für viele Hexen und Zauberer wichtig, um mit ihren Erlebnissen abschließen zu können. Sie ziehen ihre Gedankenstränge mithilfe ihres Zauberstabs in Form von silbrigen Fäden in das Gefäß hinein und können ihre so abgelegten Erlebnisse immer wieder aufs Neue betrachten. Manchmal ist es aber auch einfach ein schöner Zeitvertreib, in Erinnerungen zu schwelgen.

Auch Albus Dumbledore besitzt ein Denkarium. Anfangs wirkt dieses flache Gefäß eher wie ein unwichtiges Detail der Erzählung. Doch im Laufe der Geschichte wird immer deutlicher, welche Auswirkungen es haben kann, wenn ein Zauberer einen Blick in die sehr persönlichen Erinnerungen eines anderen werfen kann. Vor allem Harry benutzt Dumbledores Denkarium häufig, um in die Erinnerungen anderer einzutauchen. Ihm und Dumbledore wird es in Harry Potter und der Halbblutprinz mithilfe des Denkariums möglich, einen tieferen Einblick in die Persönlichkeit Lord Voldemorts zu erhaschen.

Auch der verbotene Blick Harrys auf Severus Snapes Erinnerungen, die dieser während des Okklumentikunterrichts (in *Harry Potter und der Orden des Phönix*) mit Harry extra aus seinem Kopf verbannt hat, klären einige offene Fragen auf. Mithilfe des Denkariums erhält Harry einen Blick und damit auch einen ganz neuen Eindruck auf Snapes Erlebnisse in der Jugend. Dies ist der Moment, in dem sich auch der größte Snape-Hasser zu fragen beginnt, ob er wirklich so ein Scheusal war beziehungsweise ist, wie er immer dargestellt wird. Dieser Eindruck wird spätestens nach Snapes Tod untermauert: Er hinterlässt Harry sämtliche Erinnerungen seines Lebens, die erklären, warum er zu dem wurde, was er war: ein Doppelagent mit einer traurigen Vergangenheit.

Platz 4: Stein der Weisen

Der Stein der Weisen ist eines jener Artefakte, um die sich in vielen Kulturen der Welt Legenden ranken. So soll der Gott Hermes schon vor 2500 Jahren die Formel zur Herstellung des Steins in eine Tafel eingraviert haben. Mithilfe dieses Steins gelingt es angeblich, jedes Material in Gold zu verwandeln. Außerdem gewinnt man aus ihm das Elixier des Lebens, welches das Leben des Anwenders verlängert. Das beste Beispiel dafür ist Zauberer und Alchemist Nicolas Flamel, der in Harrys magischer Welt den Stein der Weisen schuf: Bereits in Harrys erstem Schuljahr ist er stolze 656 Jahre alt. Er stirbt erst, als er und Dumbledore gemeinsam beschließen, den Stein der Weisen zu zerstören, da er vor allem bei machtgierigen Zauberern wie Voldemort ungute Motivationen weckt. Zuvor hatte Dumbledore versucht, den Stein in Hogwarts zu verstecken (siehe Spiegel Nerhegeb), doch selbst in der Schule ist das mächtige Artefakt nicht sicher.

Gerät er in die falschen Hände, kann der Stein der Weisen zu einem äußerst mächtigen und unheilbringenden Artefakt werden. Einer der Gründe dafür ist die Unsterblichkeit, die man mit dem Stein erlangen kann – in diesem Fall sogar ganz ohne unangenehme Nebenwirkungen.

Platz 3: Schwert von Gryffindor

Das Schwert von Godric Gryffindor, einem der Gründer der Hogwarts-Schule für Hexerei und Zauberei, wurde im Jahre 992 von einem Kobold namens Ragnuk dem Ersten hergestellt. Godric Gryffindor erhält das silberne, mit Rubinen besetzte Schwert von Ragnuk, sodass es schon in dem Moment, als es in seinen Besitz übergeht, sämtliche magische Fähigkeiten eines von Koboldhand geschmiedeten Geschmeides hat: Es stößt alles Unnütze ab und nimmt gleichzeitig alles auf, was zu seiner Stärkung beiträgt. Zusätzlich versieht es Godric Gryffindor mit allerlei anderen Zaubern, zum Beispiel auch mit dem Effekt, dass das Schwert jedem Gryffindor zu Hilfe eilt, wenn dieser es wirklich braucht. Du erinnerst dich bestimmt daran, wie dringend Harry in der Kammer des Schreckens Hilfe benötigt, ebenso wie Neville Longbottom, als er in der Schlacht von Hogwarts mutterseelenallein Nagini, Voldemorts riesiger Schlange, ausgeliefert ist. In beiden Fällen erweist sich das Schwert von Gryffindor als Lebensretter. Dadurch, dass Harry mithilfe des Schwertes den Basilisken in der Kammer des Schreckens tötet, gewinnt es noch mehr an magischer Kraft. Getränkt mit dessen Gift, gehört es seitdem zu jenen Werkzeugen, mit denen man Horkruxe zerstören kann - und Harry und seine Freunde nutzen es mehrfach zu diesem Zweck. Und am Ende ist es Neville, der Voldemorts letzten Horkrux - seine Schlange Nagini - damit erledigt.

Platz 2: Horkruxe

Horkruxe zählen zu den gefährlichsten magischen Artefakten, die es gibt. Sie entstehen ausschließlich durch schwarzmagische Zauberei, mithilfe derer ein Zauberkundiger einen Teil seiner Seele in einen auserwählten Gegenstand bannt, um im Falle des Todes noch ein weiteres Leben zu haben. Bei diesem Vorgang wird die Seele schwer beschädigt und das Ganze funktioniert nur, wenn der Zauberer oder die Hexe zuvor einen Mord begeht. Doch selbst wenn es gelingt, einen Teil der eigenen Seele »auszulagern«, bleibt immer der Schaden, der an der Ursprungsseele angerichtet wurde. Stirbt derjenige eines Tages tatsächlich, geht nur sein Körper von dieser Welt – der abgespaltene Teil der Seele, der sich in dem Horkrux befindet, lebt weiter und kann sich in einem fremden Körper einnisten. Das schwarzmagische Können zur Herstellung von Horkruxen ist allerdings so selten, dass es kaum vorkommt beziehungsweise gelingt. Die einzige Ausnahme bildet Lord Voldemort, der seine Seele gleich in sechs verschiedene Horkruxe bannt. Was ihm allerdings selbst lange Zeit verborgen bleibt: Mit dem versuchten Mord an Harry schuf er versehentlich einen weiteren Horkrux, nämlich Harry selbst (siehe auch Seite 125).

Die Herstellung von Horkruxen ist in der Zaubererwelt tabu und verboten. Aus diesem Grund lassen sich auch nur wenige Informationen dazu finden. Voldemort erhält sein Wissen darüber von Professor Horace Slughorn, den er so lange ausfragt, bis er eine Antwort erhält. Hermine, Ron und Harry hingegen tappen lange im Dunkeln, bis sie die wahre Bedeutung der Horkruxe erfahren.

Doch selbst wenn es gelingt, einen Horkrux herzustellen, werden damit die Grundgesetze der Natur derart missbraucht, dass derjenige der durch seine aufbewahrte Seele wieder ins Leben zurückgerufen wird, nie seiner Selbst gleicht. Ein durch Mord abgespaltenes Stück der Seele ist zum einen äußerst labil und zum anderen von vornherein den dunklen Künsten geweiht.

Ein Horkrux und damit auch die darin befindliche Seele können nur mithilfe einer Waffe, die mit dem Gift eines Basilisken getränkt ist, oder durch das sogenannte Dämonsfeuer (ein durch einen schwarz-magischen Fluch entstandenes Feuer, das verschiedene Gestalten annehmen kann) zerstört werden.

Platz 1: Heiligtümer des Todes

Die drei Heiligtümer des Todes sind definitiv die mächtigsten und gefährlichsten Artefakte der magischen Welt. Sie machen ihren Besitzer zum Herrscher über Leben und Tod – und somit faktisch über alle anderen lebenden Hexen und Zauberer. Sie dürfen also unter keinen Umständen in die falschen Hände geraten!

- Der Tarnumhang: Dieser sehr spezielle Tarnumhang kann nur durch Vererbung weitergegeben werden. Harry erbt ihn von seinem Vater, nachdem ihn Albus Dumbledore jahrelang verwahrt hatte. An Harrys erstem Weihnachtsfest in Hogwarts findet er ihn unter den Geschenken – doch seine Herkunft ist Harry lange unbekannt. Das Besondere an diesem Umhang ist, dass er nicht wie andere Tarnumhänge nach einer gewissen Zeit seine Kraft verliert. Er ist unzerstörbar und damit weder durch spezielle Zauber noch durch mechanische Einwirkung zu beeinflussen. Außerdem sagt man ihm nach, dass sich sein rechtmäßiger Besitzer damit sogar vor dem Tod selbst verstecken kann.

- Der Stein der Auferstehung: Die Legende besagt, dass der Stein der Auferstehung – ein pechschwarzer Edelstein – das einzige Artefakt auf der ganzen Welt ist, das Tote für immer zurück in die Welt der Lebenden holen kann. Die Zurückgeholten kehren als Mischung aus Geist und Erin-

nerung an den verstorbenen Menschen zurück. Leider hat diese Macht aber einen gewaltigen Haken: Meist wollen die Verstorbenen gar nicht mehr zurück in die Welt der Lebenden. Sie haben sich mit ihrem Tod abgefunden und sind bereits ihren anderen Lieben begegnet, die vor ihnen gestorben sind. Für den, der zurückgeholt worden ist, ist es ein qualvolles Dasein zwischen Leben und Tod.

Obwohl sich der Stein der Auferstehung erst im Besitz der Gaunts – und damit auch in Voldemorts, denn er ist der Sohn von Merope Gaunt – befunden hat, wusste niemand in der Familie, wobei es sich darum in Wirklichkeit handelte. Die Gaunts gingen ebenso wie der Dunkle Lord davon aus, dass es lediglich ein Ring mit dem Familienwappen war. Erst Dumbledore erkennt den wahren Wert des Rings beziehungsweise des Steines, der in dem Ring eingefasst war.

- Der Elderstab: Dies ist der mächtigste Zauberstab aller Zeiten. Eine Hexe oder ein Zauberer kann ihn nur erringen, indem er den Vorbesitzer im Kampf besiegt oder entwaffnet. Nur in diesen Fällen geht der Elderstab mitsamt seiner Macht auf den neuen Besitzer über. Dieser wird automatisch zum mächtigsten Zauberer der Welt, da er durch den Besitz des Elderstabs unbesiegbar wird.

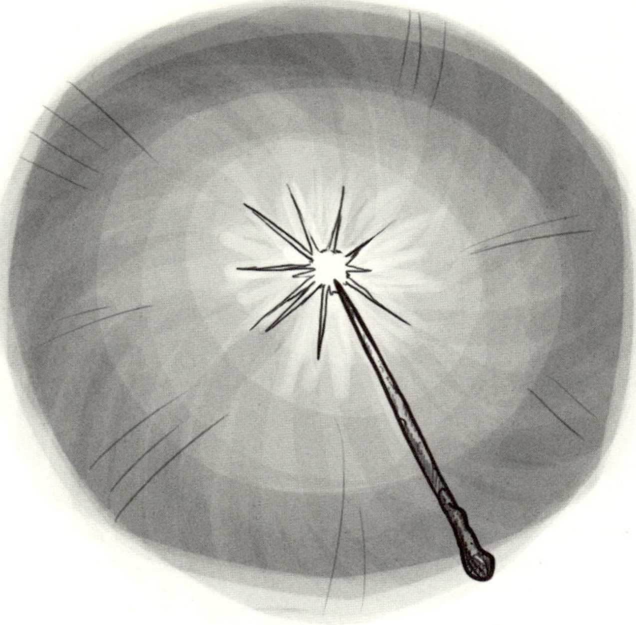

Doch dieser Zauberstab hat eine Art eigene Seele: Er gehorcht nur demjenigen, den er als rechtmäßigen Besitzer anerkennt. Deshalb folgt er im Kampf mit Voldemort auch Harrys Anweisungen, weil dieser sein letzter Besitzer ist. Ein weiteres Detail bezüglich des Stabs ist vielen nicht bekannt: Man kann die volle Macht des Elderstabs nur nutzen, wenn man den Tod akzeptiert hat, denn den Kern des Zauberstabs bildet das Schwanzhaar eines Thestrals. Ein Wink des Schicksals: Ausgerechnet derjenige, der mit dem Elderstab den Tod bezwingen will, muss diesen zuerst angenommen haben.

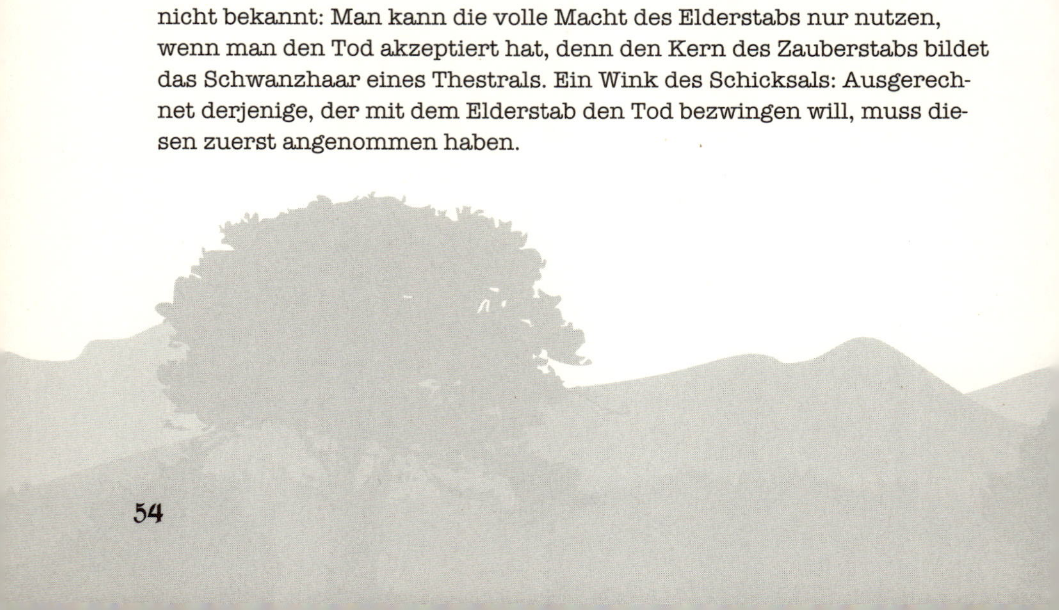

In der Zaubererwelt sind die Heiligtümer des Todes hauptsächlich durch die Legende der drei Brüder bekannt, die den Tod hereinlegen und sich dadurch die drei Heiligtümer erschleichen. Bei denjenigen, die sich weniger an alte Sagen halten, geht man davon aus, dass die Peverells, drei überaus begabte Zauberer, die Heiligtümer hergestellt haben. Harry, als ein Nachfahre des jüngsten Bruders Ignotus Peverell, erbt den Tarnumhang, während Voldemort, der von dem mittleren Bruder Cadmus Peverell abstammt, den Stein der Auferstehung erhält. Mit dieser Kenntnis klärt sich auch die schon immer vermutete Verwandtschaft zwischen Harry und dem Dunklen Lord auf.

Den Elderstab erringt Albus Dumbledores, indem er im Duell Gellert Grindelwald besiegt. Da Draco Malfoy Dumbledore später auf dem Astronomieturm unwissentlich entwaffnet, ist er kurzzeitig der Gebieter des Elderstabs. Und als Harry dann wiederum Draco im Zaubererduell besiegt, geht der Elderstab in seinen Besitz über.

Am Ende ist Harry Potter also der Eigentümer aller drei Heiligtümer des Todes – doch er nutzt die Macht nicht zu seinem Vorteil. Er behält nur sein Erbe, den Tarnumhang. Den Stein der Auferstehung lässt er im Verbotenen Wald zurück und den Elderstab legt er wieder in Dumbledores Grab. Sollte niemand Harry bis zu seinem Tod besiegen, würde mit ihm auch die Macht des Elderstabs von dieser Welt gehen.

Kapitel 3

DIE MEIST-
GEHASSTEN
CHARAKTERE

Wer Harry liebt, muss die folgenden Charaktere hassen! Natürlich hat jeder seine eigenen verhassten Charaktere, doch diese hier sind bestimmt in jeder Aufzählung mit dabei.

Im Laufe der Geschichte konfrontiert J. K. Rowling die Leser immer wieder mit Charakteren, die nicht zwingend Todesser sein müssen, um eine ähnlich tiefe Abneigung hervorzurufen. Manchmal sorgen diese Menschen in Harrys Umgebung nur für ein verständnisloses Kopfschütteln, manchmal spürt aber auch der friedlichste Mensch unverhohlenen Hass in sich aufkeimen. Vielleicht ist es in diesem Fall die Nähe zum realen Leben - denn wer kennt es nicht, sich plötzlich und völlig grundlos ungerecht und gemein behandelt zu fühlen? Von dieser Sorte Mensch scheint es auch einige in der Zauberwelt zu geben, denen man sich genauso wenig entziehen kann wie denjenigen, die einem in der Muggelwelt unweigerlich immer wieder begegnen.

In diesem Kapitel werden die schlimmsten Todesser und Lord Voldemort außen vor gelassen. Sie kommen später noch ausführlich an die Reihe, nämlich in Kapitel 5.

Platz 8: Quirinus Quirrell

Quirinus Quirrell, der in Harrys erstem Schuljahr Verteidigung gegen die Dunklen Künste lehrt, gehört zunächst nicht zu den Personen, die auf irgendeine Art unangenehm oder gar boshaft wirken. Im Gegenteil! Umso größer ist der Schock, als er sich zum Schluss als einer der maßgeblichen Bösewichte und Strippenzieher entpuppt – allerdings steht er unter dem Einfluss von Voldemort.

Der so zerbrechlich wirkende, stotternde Professor verschreibt sich der schwarzen Magie. Um möglichst viel in diesem Bereich zu lernen, bereist er die ganze Welt auf der Suche nach Voldemorts »Überresten«. Als er ihn schließlich findet, nimmt er den Dunklen Lord sogar in seinen Körper auf, da dieser zu jenem Zeitpunkt – gebannt durch das Opfer von Lily Potter – nicht allein lebensfähig ist. Im Laufe des ersten Schuljahrs unternimmt der unscheinbare Zauberer mehrere Versuche, Harry auszuschalten, wie zum Beispiel durch den Bann auf Harrys Besen während des Quidditch-Spiels.

Es bleibt am Ende nicht allzu viel Zeit, eine Abneigung gegenüber dem Verräter zu entwickeln. Da er in dem Moment, in dem er von Harry als das erkannt wird, was er ist, auch relativ schnell an Lilys Bann scheitern soll und stirbt. Nichtsdestotrotz gehört Professor Quirrell unbedingt zu den Charak-

teren, die Harry durch ihre durchtriebene Art das Leben schwer machen beziehungsweise ihm nach dem Leben trachten. Im Grunde genommen ist Quirrell auch einer von Voldemorts Horkruxen. Da er aber bei dem Versuch, den Stein der Weisen zu rauben, stirbt und ihn der Teil der Seele des Dunklen Lords in diesem Moment verlässt, fehlt ihm sogar diese fragwürdige Ehre.

Platz 7: Gilderoy Lockhart

Auftritt Gilderoy Lockhart. Dieser Herr, der in Harry Potter und die Kammer des Schreckens in Erscheinung tritt, fällt weniger durch seine Boshaftigkeit als vielmehr durch seine Eigenschaft auf, jeden mit seinem aufschneiderischen Verhalten auf die Palme zu bringen. Bei den einen setzt dieser Effekt vielleicht etwas später ein als bei anderen – dennoch wird sich wahrscheinlich jeder, der in Harrys Welt eingetaucht ist, irgendwann inständig wünschen, diesen vermaledeiten Lockhart nicht mehr ertragen zu müssen.

Der neue Professor in Verteidigung gegen die Dunklen Künste in Harrys zweitem Schuljahr ist nämlich vor allem eines: endlos selbstverliebt. Diese Eigenschaft, gepaart mit der Tatsache, dass er in Wahrheit einer der unbegabtesten Zauberer aller Zeiten ist, machen den eitlen Lockhart zu einem der unliebsameren Charaktere in Harry Potters Welt. Allerdings ist er – das muss man zugeben – nicht so boshaft wie viele andere zwielichtige Gestalten. Daher erreicht er gerade einmal den neunten Platz im Ranking, denn seine peinlichen Auftritte und Verfehlungen sind stellenweise ja sogar recht unterhaltsam.

Ganz so unschuldig ist der gute Gilderoy aber dann doch nicht. Seinen Ruhm, in dem er sich nur allzu gerne sonnt, hat er sich schließlich nicht selbst verdient, wie sich am Ende herausstellt. Mit anderen Worten: Gilderoy Lockhart ist ein waschechter Betrüger und Hochstapler. Er schmückt sich mit fremden Federn, gibt Ruhmestaten anderer Hexen und Zauberer als seine aus. Die wahren Helden hat Lockhart alle mit einem Gedächtniszauber verhext, sodass sie sich an nichts mehr erinnern können. Ironischerweise fällt Lockhart letztlich selbst seinem Vergessenszauber zum Opfer, weil er Rons defekten Zauberstab benutzt, woraufhin er zwar ein seliges, aber auch von totaler Unwissenheit geprägtes Dasein im St.-Mungo-Hospital für Magische Krankheiten und Verletzungen fristet. Durchaus eine Erleichterung, zumindest für alle entnervten Lockhart-Hasser.

Platz 6: Rita Kimmkorn

Die rasende Reporterin Rita Kimmkorn steht, was den Faktor Nervigkeit betrifft, ganz weit vorne. Getoppt wird diese Eigenschaft jedoch von anderen unangenehmen Seiten ihres Charakters: eiskalte Berechnung, unersättliche Neugierde und ein hohes Maß an Hinterhältigkeit. Im Grunde genommen bringt sie die besten Voraussetzungen mit, um ihren Job als Reporterin für den Tagespropheten auszuüben. Ihre Unverfrorenheit treibt in *Harry Potter und der Feuerkelch* nicht nur Harry und die anderen Champions des Trimagischen Turniers in den Wahnsinn. Rund um die Uhr und in jeder Situation versucht sie, Neuigkeiten zu erhaschen, und konfrontiert die Beteiligten in den unpassendsten Momenten mit unverschämten Fragen und Unterstellungen. Selbstverständlich erscheint in Windeseile, spätestens am darauffolgenden Tag, ein nicht minder schamloser Artikel im Tagespropheten.

In ihren reißerischen Artikeln zeigt Rita Kimmkorn ihr wahres Gesicht: Verleumdungen und Lügen sind an der Tagesordnung. So schafft sie es immer wieder, die Meinungsbildung ihrer Leser in die Richtung zu lenken, die ihr in diesem Moment zusagt. Denn eine ihrer Spezialitäten ist es, einen waschechten Skandal aus dem Nichts hervorzuzaubern. Sie bläst Geschich-

ten nicht nur auf, sondern verdreht häufig die Wahrheit. Diese Anekdoten sind dann zwar für die Leser durchaus amüsant. Für die Betroffenen enden sie oft in rufschädigenden Verleumdungen.

Normalerweise steht Rita Kimmkorn für jene Art des Journalismus, wie man sie aus der sensationslüsternen Regenbogenpresse kennt. In speziellen Fällen können ihre Berichte aber auch durchaus absichtlich und aus reiner Boshaftigkeit darauf abzielen, ihr »Opfer« in aller Öffentlichkeit zu demontieren. Auch Hagrid wird für kurze Zeit zu einem dieser Opfer, als Rita Kimmkorn seine Vorliebe für seltene magische Wesen ausschlachtet und ihn in ihrem Artikel zu einem unkontrollierbaren Riesen macht, der nur daran interessiert ist, seine Schüler zu gefährden. Diese unangenehme Kombination verschafft ihr Platz 6 auf der Liste der nervigsten und meistgehassten Charaktere.

Platz 5: Dudley Dursley

Der einzige Spross von Vernon und Petunia Dursley schafft es, sich gleich zu Beginn der Harry-Potter-Saga einen Platz in der Liste der meistgehassten Charaktere zu sichern – und zwar dauerhaft. Er genießt die Situation, in der Harry bis zu seinem Eintritt in die Zaubererwelt leben muss. Denn bevor Harry erfährt, dass er ein Zauberer ist, stellt er für Dudley nur eines dar: das perfekte Opfer. Harry kann aus seiner traurigen und erniedrigenden Wohnsituation im Schrank unter der Treppe bei den Dursleys nicht entkommen und Dudley lässt keine Gelegenheit aus, um ihn das spüren zu lassen. Der verwöhnte Sohn der Dursleys quält und ärgert Harry, so oft er nur kann, und wird darin von seinen Eltern sogar noch bestärkt. Als Leser oder Zuschauer leidet man mit Harry und kann nicht umhin, ein immer stärker werdendes Gefühl der Abneigung gegenüber Dudley zu verspüren.

Dass »Big D« – wie Dudley respektvoll von seinen Buddys genannt wird – gar nicht mehr so groß und mutig ist, wie er immer vorgibt, wenn es hart auf hart kommt, wird jedes Mal offensichtlich, wenn er es mit Magie zu tun bekommt. Sei es die Begegnung mit der Schlange im Zoo, die Harry im ersten

Teil versehentlich befreit, oder seine erste Bekanntschaft mit Hagrid – Dudley kreischt zuerst und flieht dann. Daher weicht seine anfangs so übermächtig scheinende Boshaftigkeit zunehmend der Lächerlichkeit.

Als er sich in *Harry Potter und der Orden des Phönix* nach der Begegnung mit den Dementoren sogar bei Harry entschuldigt, könnte man beinahe versöhnlich mit ihm werden und Mitleid mit dem armen Duddylein haben. Doch im Grunde ist klar, dass Dudleys Charakter sich wohl nie ändern wird. Daher sind die Gemeinheiten, die er Harry im Kindesalter angetan hat, nie vergeben und vergessen – und bescheren Dudley Dursley einen verdienten fünften Platz in diesem Ranking.

Platz 4: Vernon und Petunia Dursley

Harrys Tante und Onkel runden das Bild der Dursleys ab, und sie sind auch diejenigen, die Dudley zu dem machen, der er ist. Man ist durch ihr Verhalten ständig hin- und hergerissen zwischen dem Zorn, den ihr Verhalten gegenüber Harry weckt, und der Traurigkeit, die die Gesamtsituation mit sich bringt. Schließlich sind die Dursleys Harrys einzige lebende Verwandte, die sich eigentlich liebevoll um das Waisenkind kümmern sollten. Doch sie sind von Angst und Neid getrieben, und anstatt sich ihres Neffen, der seine Eltern auf so tragische Art und Weise verloren hat, anzunehmen, lassen die beiden keine Gelegenheit aus, Harry spüren zu lassen, wie unerwünscht er bei ihnen ist. Selbst die Blutsverwandschaft – Harrys Mutter war schließlich Petunias Schwester – ist für die Dursleys kein Grund, den kleinen Jungen herzlich bei sich aufzunehmen. Im Laufe der Zeit kristallisiert sich heraus, warum Petunia so gemein zu Harry ist. Sie ist eifersüchtig auf all das, was ihre Schwester war und sie selbst nie sein würde. Sie hätte ebenfalls eine Hexe sein wollen, besitzt aber keinerlei magische Fähigkeiten. Leider schafft sie es nie wirklich, die Größe zu entwickeln, um ihren Neffen als das anzunehmen, was er ist – ein Blutsverwandter und der Sohn ihrer Schwester. Was Onkel Vernon betrifft, ist sein Verhalten beinahe noch unverständlicher

als das seiner Frau. Denn er hat eigentlich überhaupt keinen Grund, Harry wie einen räudigen Hund unter der Treppe hausen zu lassen und ihn immer wieder anzuschnauzen. Vernon Dursley ist einfach gemein zu Harry, weil es seinem Wesen entspricht. Manchmal hat es sogar den Anschein, als hätte er einfach Spaß daran, seine Unzufriedenheit an dem wehrlosen Jungen auszulassen.

Aufgrund ihres Verhaltens zählen Petunia und Vernon Dursley definitiv zu jenen Personen, die Harry das Leben schwer machen.

3

Platz 3: Die Malfoys

Lucius Malfoy und sein Sohn Draco könnten im Grunde genommen auch einzeln aufgezählt werden. Da sie sich in ihrem Verhalten aber derart ähneln, ist es fast schon egal, von welchem der Malfoys mal wieder eine Gemeinheit gegen Harry ausgeheckt wird.

Denn Draco eifert seinem Vater in allem nach – sei es die Macht, die von seinem Stand in der Gesellschaft ausgeht, oder die Anhängerschaft zu Voldemort. Sie sind beide besessen von der Vorstellung einer muggelfreien Welt, in der die schwarze Magie und die Reinblüter das Sagen haben. Außerdem gleichen sie sich in ihrer Unsicherheit, die sich zum Schluss sogar in ihrer schwindenden Loyalität zum Dunklen Lord zeigt. Denn sowohl Lucius als auch Draco zweifeln daran, ob sie ihr Leben oder das ihrer Familienmitglieder wirklich für Voldemort gefährden oder gar opfern sollten. Doch bevor sie an diesen Punkt kommen, lassen beide keine Gelegenheit aus, gegen Harry und für Voldemort zu arbeiten – und das mit den hinterhältigsten Mitteln.

Sowohl Lucius als auch Draco schaffen es immer wieder, Harrys Pläne zu durchkreuzen. Abgesehen davon lassen beide keine Gelegenheit aus, Ron und Hermine spüren zu lassen, was sie von ihnen halten. Die Malfoys stiften auf diese Weise immer wieder Ärger und das nicht zu knapp. Man denke dabei nur an die Aktion von Lucius Malfoy in *Harry Potter und die Kammer des Schreckens:* Er ist es, der das alte Tagebuch Tom Riddles unter Ginny Weaselys Schulbüchern versteckt, so dass sie später deswegen beinahe ums Leben kommt, als die Erinnerung von Riddle, die sich in dem verzauberten Tagebuch befindet, Macht über sie ergreift. Draco wird sogar zu einer Art Hauptrivale von Harry. Angefangen bei den Quidditch-Spielen bis hin zu Diensten für den Dunklen Lord, die Harry und seine Freunde mehr als einmal in Lebensgefahr bringen.

2

Platz 2: Peter Pettigrew

Peter Pettigrew alias Wurmschwanz ist die Hinterhältigkeit in Person. Er agiert überwiegend im Verborgenen und hat ohnehin nicht gerade den Orden der Ehrenhaftigkeit verdient, was seinen Charakter betrifft. Genau diese Zurückhaltung ist es, die Peter Pettigrew so gefährlich macht. Keiner seiner Freunde traut ihm zu, ein heimlicher Todesser zu sein.

Mit seinen Taten setzt er - anfangs unerkannt - vieles in Gang, was am Ende zu weitreichenden Konsequenzen führt. Es ist zum Beispiel letztlich sein Werk, dass der Dunkle Lord in *Harry Potter und der Feuerkelch* wieder Gestalt annehmen und damit noch mehr Macht gewinnen kann. Wurmschwanz ist sozusagen der Geburtshelfer des Dunklen Lords.

Doch seine Dienste für Voldemort sind nichts im Vergleich zu dem Verrat an seinen einstigen Freunden, Lily und James Potter, die er skrupellos und ganz bewusst ans Messer liefert. Peter Pettigrew ist der Geheimniswahrer der Potters - und er ist es auch, der dieses Geheimnis an Voldemort weitergibt und damit den Mord an seinen besten Freunden ermöglicht. Als der Dunkle Lord das Attentat auf die Potters beinahe selbst mit dem Leben bezahlt, verschwindet Peter Pettigrew in seiner typisch feigen Art und taucht getarnt in seiner Animagus-Gestalt als Ratte unter und landet am Ende ausgerechnet als Haustier namens Krätze bei den Weasleys.

Die Liste der abscheulichen Aktionen von Wurmschwanz ist lang. Doch abgesehen von seinen unfassbaren Taten, ist es vor allen Dingen sein verschlagenes Wesen, das ihn zu Recht zu einem gehassten Charakter der Harry-Potter-Saga macht. Er gibt sich in seiner Schulzeit nach außen hin als der unscheinbare und beinahe schon mitleiderregende Nebenbuhler seiner Freunde James Potter, Sirius Black und Remus Lupin. Mit dieser Tour kommt er nicht nur bei seinen Schulfreunden durch, sondern sogar bei Lord Voldemort. Hinter dieser schüchternen und unbeholfenen Fassade steckt jedoch ein zutiefst egoistischer und boshafter Charakter, der seinesgleichen sucht. Diese scheinheilige Unterwürfigkeit, gepaart mit eiskaltem Kalkül und gleichzeitig einer großen Portion Feigheit, macht Peter Pettigrew nicht nur unfassbar nervig, sondern vor allem absolut verhasst.

Platz 1: Dolores Umbridge

Die Einzige, die Peter Pettigrew in der Rangliste der meistgehassten Charaktere noch schlagen kann, ist Dolores Umbridge. Zu Recht belegt sie Platz 1, an ihr gibt es eigentlich nichts, was ihr die Sympathien des Lesers einbringen könnte. Interessanterweise stammt der Vorname Dolores aus dem Lateinischen und bedeutet: Schmerzen. Der Nachname Umbridge hört sich im englischen Wortlaut genauso an wie »umbrage«, was so viel wie Ärgernis bedeutet. Allein durch diese subtilen Hinweise hat J. K. Rowling wieder einmal auf ihre typische Art von Anfang an klar gemacht, mit wem es Harry hier zu tun bekommen wird.

Dolores Umbridge ist brutal, unberechenbar, manipulativ und unfassbar gemein. Mit diesen Eigenschaften schafft sie es, ausnahmslos jeden zur Weißglut zu treiben. Was anfangs noch so wirkt, als wäre sie etwas überspannt und dadurch oft ungerecht, kristallisiert sich mit der Zeit als regelrecht boshafter Charakterzug heraus. Womöglich ist es gerade diese vorgeblich liebliche Art, mit der sie sich die härtesten Strafen für diejenigen Schüler ausdenkt, die nicht zu ihrer Weltanschauung passen, die einem so manches Mal das Blut in den Adern gefrieren lässt.

Von dem Moment an, als sie in *Harry Potter und der Orden des Phönix* von Zaubereiminister Cornelius Fudge nach Hogwarts gesandt wird, geht sie mit eiskaltem Kalkül immer noch einen Schritt weiter. Unter dem Deckmantel eines ministeriell verfügten Ausbildungserlasses traktiert sie die Schüler mit immer neuen Regeln, um sie auf diese Weise zu einer Gruppe höriger kleiner Menschen zu machen, die sich ihren Geboten widerstandslos fügen. Jeder, der aus der Reihe tanzt, bekommt ihre Art der Bestrafung zu spüren, die wie beispielsweise bei Harry bis zur Körperverletzung gehen kann. Weil das Zaubereiministerium ihr den Rücken stärkt, erringt sie nach und nach immer mehr Macht. Gleichzeitig agiert sie für Fudge als eine Art Spion und leitet jede noch so kleine Regelwidrigkeit direkt an das Ministerium weiter. Am Ende schafft sie es sogar, Dumbledore zumindest zeitweise aus seinem Amt als Schulleiter zu vertreiben. Außerdem geschieht der Angriff der Dementoren auf Harry und Dudley auf ihren Befehl hin.

Doch selbst nach ihrem nicht sehr ruhmreichen Abgang im Verbotenen Wald, als sie von den Zentauren vertrieben wird, verschwindet sie nicht von der Bildfläche. Trotz ihrer Niederlage in Hogwarts schafft sie es wieder, einen bedeutenden Posten im Zaubereiministerium zu ergattern, wo sie in *Harry Potter und die Heiligtümer des Todes* ihr ganzes Potenzial an Grausamkeit ausschöpfen kann. Sie wird mit der Verfolgung Muggelstämmiger betraut. In diesem Bereich kann sie ihre rassistische Einstellung gegenüber Halbblütern mit voller Grausamkeit ausleben. Ihre Kaltschnäuzigkeit findet ihren Höhepunkt, als sie nach Dumbledores Tod als einer der Trauergäste zu seinem Begräbnis erscheint, obwohl sie zu seinen Lebzeiten keine Gelegenheit ausgelassen hat, um ihn mit den hinterhältigsten Mitteln zu demontieren.

Kapitel 4

DIE MÄCHTIGSTEN HEXEN UND ZAUBERER

In dieser Rangliste finden sich ausschließlich Hexen und Zauberer, die in Harrys Gegenwart existieren, denn ansonsten müsste sie wahrscheinlich bei Merlin höchstpersönlich beginnen. Wie sie angeordnet sein sollten oder ob die Liste vielleicht noch um den einen oder anderen Eintrag erweitert werden sollte, kann jeder für sich entscheiden!

Selbstverständlich gibt es auch aufseiten des Dunklen Lords einige sehr fähige Hexen und Zauberer, die den hier genannten im Kampf durchaus ebenbürtig sind. Sie bekommen auch ihren Platz – aber erst im Ranking der gefährlichsten Todesser in Kapitel 5.

9

Platz 9: Hermine Granger

Obwohl Hermine noch so jung ist, muss sie unbedingt einen Platz unter den neun mächtigsten Hexen und Zauberern bekommen. Hermine ist ein Allround-Talent, sie vereint alle Fähigkeiten, um eine der mächtigsten Hexen Hogwarts zu werden.

Bei ihr ist es die Kombination aus ihrer naturgegebenen Intelligenz und ihrer unendlichen Strebsamkeit. Diese beiden Eigenschaften machen sie zu einer guten Problemlöserin. Sie wird in den schwierigsten Situationen zu genialen Höchstleistungen getrieben, die Harry und seinen Freunden mehr als nur einmal das Leben retten. Sie ist es beispielsweise, die in *Harry Potter und der Stein der Weisen* sämtliche Rätsel lösen kann. Hermine gehört darüber hinaus zu den treuesten und ehrlichsten Menschen rund um Harry.

Doch all diese Eigenschaften sind noch kein Garant dafür, in die Reihen der mächtigsten Hexen und Zauberer aufgenommen zu werden; dazu gehört auch eine gehörige Portion Magie. Und eben diese Fähigkeit wird Hermine anfangs hauptsächlich von ihren Gegnern wie Draco Malfoy abgesprochen, weil sie ein Schlammblut ist, also von Muggeln abstammt und dennoch magi-

sche Fähigkeiten hat. Nach und nach werden aber auch sie eines Besseren belehrt. Denn es ist eine Sache, die Magie zu studieren, aber eine ganz andere, auch die schwierigsten Zauberformeln richtig anzuwenden. Hermine beweist mehrmals, dass sie beides kann. Vor allem durch ihre umfassende Kenntnis an Zauberformeln, die nicht unbedingt jedem geläufig sind, erreicht sie in Kämpfen mit Gegnern oft einen Überraschungseffekt, der ihr entscheidende Vorteile beschert.

Platz 8: Harry Potter

Keine Frage, der Protagonist höchstselbst darf natürlich in dieser Liste nicht fehlen. Wobei man fairerweise sagen muss, dass Harry Potter - Held hin oder her - nicht zum mächtigsten Zauberer gekürt werden kann. Schließlich meistert er viele der heiklen Situationen, in die er im Laufe seiner Abenteuer gerät, nicht immer mithilfe seiner magischen Fähigkeiten. Er verfügt zwar über eine große magische Energie, die ihm in die Wiege gelegt wurde. Trotzdem ist es oft Zufall, pures Glück oder die Hilfe seiner Freunde, die ihm in brenzligen Situationen zu Hilfe kommt.

Nichtsdestrotrotz stellt sich Harry mit allen zur Verfügung stehenden Mitteln unerschrocken den gefährlichsten Situationen. Es gelingt ihm mehrmals, Lord Voldemort abzuwehren und ihm zu entkommen. Er beschützt den Stein der Weisen und gewinnt das Trimagische Turnier. Und nicht zuletzt findet und zerstört er die meisten Horkruxe des Dunklen Lords. Er baut dabei auf seine Freunde, die ihm treu zur Seite stehen, seine guten Ideen, die Fähigkeit, sich blitzschnell auf neue Situationen einzustellen, und nicht zuletzt auf die unglaubliche Liebe seiner Eltern, die ihm einen starken Glauben daran gibt, alles schaffen zu können.

Gerade weil er bei all dem nicht über perfekte magische Fähigkeiten verfügt, wird er zum Helden und zur Identifikationsfigur für Zuschauer und Leser.

Harry Potter steht mit seiner Geschichte und seinen Taten als Symbol für das Gute – als Grund und Antrieb aller Zauberer dafür, dass es sich trotz aller Entbehrungen und Verluste lohnt, für das Gute einzustehen und den Kampf gegen das Böse niemals aufzugeben. Seine wichtigsten Attribute sind seine Ehrlichkeit und seine Treue, mit der für alle einsteht, die er liebt – also genau das, was J. K. Rowling als die größte und vielleicht magischste Macht der Welt beschreibt: die Liebe. Harry Potter ist die Galionsfigur für die grenzenlose Macht der Liebe.

Platz 7: Filius Flitwick

Man sollte sich nicht von der Körpergröße des Professors für Zauberkunst, der Harry seinen ersten Zauber (Wingardium Leviosa) lehrt, täuschen lassen. Denn der bei den Schülern sehr beliebte, weil immer freundliche Lehrer hat es wahrhaft in sich. Durch sein zurückhaltendes Wesen und seine geringe Körpergröße ist er unscheinbar, doch in den Momenten, in denen sein magisches Talent gefragt ist, ist er ganz groß. Mithilfe seines Zauberstabes ist er in der Lage, schwere Lasten zu transportieren oder schwierige Fälle verschiedener Flüche aufzudecken (zum Beispiel als der neue Feuerblitz von Harry auf ungewollte Verwünschungen untersucht werden muss, da nicht klar ist, woher der Besen kommt; *Harry Potter und der Gefangene von Askaban*).

Filius Flitwick ist ein Virtuose der Zauberkunst und stellt seine magische Macht in diversen Duellen eindrucksvoll zur Schau. Er gilt in der Zaubererwelt als einer der begabtesten Zauberkünstler seiner Zeit. Kein Wunder also, dass er die Todesser und sogar Voldemort höchstpersönlich das Fürchten lehrt, als er in der Schlacht von Hogwarts Antonin Dolohov, einen der gefährlichsten Schergen des Dunklen Lords, im Duell schlägt.

Filius Flitwick ist ein Beispiel für die leisen und in diesem Fall kleinen Helden, die man aber auf keinen Fall unterschätzen sollte.

Platz 6: Minerva McGonagall

Sie ist zwar eher unauffällig und zurückhaltend, was jedoch ihre magischen Fähigkeiten betrifft, zählt sie zu den mächtigsten Hexen überhaupt. Ihre größte magische Kraft steckt in der Kunst der Verwandlung. Gerade diese Kunst gilt als eine der schwierigsten, die in derart perfekter Form nur von wenigen Zauberkundigen beherrscht wird. Auch als Animagus stellt sie ihre magischen Fähigkeiten unter Beweis.

Ihre unscheinbare Art und ihre vornehme Disziplin lassen sie oft in den Hintergrund treten. Wenn es aber darauf ankommt, ist sie als die rechte Hand Dumbledores in Hogwarts und als Hauslehrerin der Gryffindors ein ernstzunehmender Charakter.

Minerva McGonagall ist schon allein durch dieses Können zum Kreis der mächtigsten Zauberer und Hexen zu zählen. Aber abgesehen davon, stellt sie ihre magische Kraft auch immer wieder in gefährlichen Situationen zur Schau. Sie hilft unter anderem dabei, Hogwarts mit den stärksten Verteidigungszaubern zu belegen, um die Todesser und Lord Voldemort vom Schulgelände fernzuhalten. Außerdem scheut sie keinen Kampf – egal gegen wen – und aus beinahe jedem geht sie als Siegerin hervor.

Aufgrund ihrer Eigenschaften und Fähigkeiten wird ihr sogar für einige Zeit der Posten der Schulleitung von Hogwarts übertragen. Abgesehen von ihrer Unerschrockenheit und ihrer unerschütterlichen Treue zu Albus Dumbledore und ihrer geliebten Schule, ist es ihr Charakter, der sie so weise und mächtig macht. Sie behält stets einen klaren Kopf und handelt klug und überlegt.

Platz 5: Alastor »Mad-Eye« Moody

Alastor Moody zählt zu den erfolgreichsten und mächtigsten Auroren seiner Zeit. Er macht seinem Namen – »Alastor« ist Griechisch und bedeutet der Rächer – alle Ehre, da er die meisten der in Askaban einsitzenden Todesser und Kriminelle eigenhändig eingebuchtet hat. Um das zu schaffen, nutzte er seine magische Macht, die wohl eine der vielseitigsten in der gesamten Zaubererwelt ist. Denn sie beruht nicht nur auf einer speziellen Fähigkeit, sondern vereint die Perfektion mehrerer Disziplinen: das umfassende Wissen in der Kräuterkunde, die Fähigkeit der Verwandlung, die Kenntnis über die Anwendung der Zaubertränke und nicht zuletzt das komplette Wissen über die Verteidigung gegen die Dunklen Künste. Alastor Moody ist sozusagen ein magisches Multitalent und sogar nach seinem Tod wirken seine Verteidigungszauber, die er zu Lebzeiten um den Grimmauldplatz schuf, so stark nach, dass selbst Lord Voldemort nicht in das Hauptquartier den Ordens des Phönix eindringen kann.

Der mürrische (engl. »moody«) Kämpfer stürzt sich Zeit seines Lebens in jede Schlacht und wirkt nahezu unverwüstlich. Deshalb ist es auch nicht verwunderlich, dass er am Ende nur durch den Dunklen Lord höchstpersönlich im Kampf getötet werden kann, als er Harry bei seinem letzten Auszug aus dem Ligusterweg begleitet und beschützt. Tatsächlich begleitet Moody bei dem Täuschungsmanöver in Wirklichkeit einen von Harrys Doppelgängern, doch Voldemort verfolgt und tötet ihn in dem Glauben, dass bestimmt der mächtigste aller Auroren den echten Harry aus dem magischen Schutz seiner Verwandtschaft führen soll.

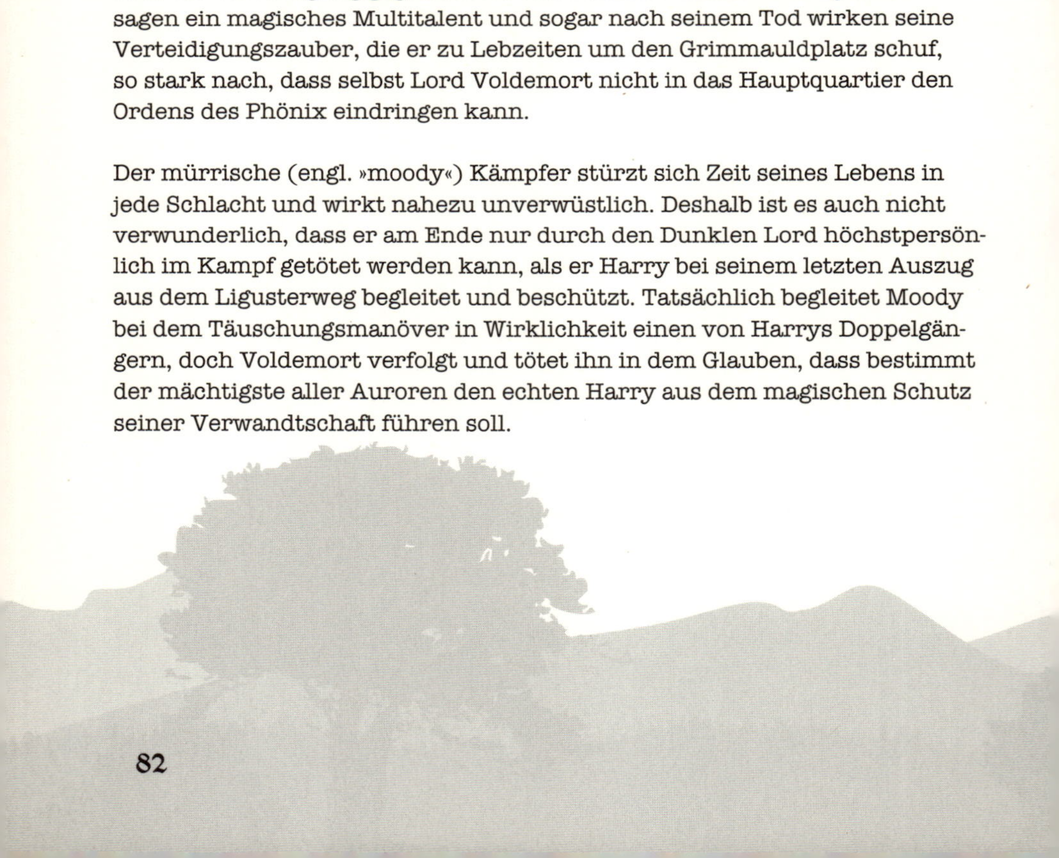

Selbst nach seinem Tod lebt noch ein magisches Körperteil Moodys weiter: sein magisches Auge. Harry entdeckt es und begräbt es im Verbotenen Wald neben einem alten Baum.

Auch wenn man Alastor Moody in einem Zusammenhang kennenlernt, der ihn vielleicht nicht auf den ersten Blick zu den mächtigsten Zauberern macht, ändert man schnell seine Meinung, wenn man auf seine Taten schaut, bevor Barty Crouch Jr. in *Harry Potter und der Feuerkelch* ihn in einer Kiste versteckt, um mithilfe des Vielsafttrankes seine Gestalt anzunehmen.

Platz 4: Severus Snape

Dass Severus Snape eine einmalige Stellung in der Harry-Potter-Saga einnimmt, wird spätestens klar, wenn man sich die verschiedenen Bereiche ansieht, in denen er es jeweils in die Rankings schafft. Diese besondere Stellung verdankt er seiner unglaublichen Vielfältigkeit, die ihn auch für die Rolle des Doppelagenten prädestiniert.

Vielleicht rührt sein Facettenreichtum auch daher, dass er sowohl von Dumbledore als auch von Lord Voldemort unterrichtet wird. Hauptsächlich liegt es aber wohl an seinem Talent, das er von Anfang an mitbringt. Er ist nicht nur Meister im Brauen sämtlicher Zaubertränke, sondern war schon zu seinen Schulzeiten unter seinem Pseudonym des Halbblutprinzen imstande, die Rezepte der gängigen Gebräue zu optimieren. Zudem kreierte er schon in jungen Jahren eigene Flüche, unter anderem:

- Langlock: Der Verzauberte kann nicht mehr sprechen, denn seine Zunge klebt am Gaumen.

- Levicorpus (inklusive Gegenzauber): Dieser Schwebezauber lässt das Opfer kopfüber in der Luft baumen.

- Muffliato: Dieser Zauber verursacht ein störendes Geräusch im Ohr, sodass das Opfer nicht versteht, was gesagt wird.

- Sectumsempra: Das Opfer wird von einer unsichtbaren Klinge aufgeschlitzt und verblutet, wenn keine Hilfe herbeieilt.

- Vulnera Sanentur: Dies ist der Gegenfluch zu Sectumsempra, also ein Heilzauber.

Auch im Zaubererduell beweist Severus Snape immer wieder sein Können und besiegt etliche Gegner. Hinzu kommt eine weitere magische Kunst, die nur er, Lord Voldemort und noch einige wenige Zauberkundige beherrschen: das Fliegen ohne Besen! Zudem ist Snapes Wissen um die Dunklen Künste immens. Es gibt kaum einen anderen Zauberer, der sich in diesem Bereich so gut auskennt. Selbst Dumbledore benötigt seine Hilfe, als er sich mit dem Fluch eines Horkruxes von Voldemort infiziert.

Mit all diesen Fähigkeiten hätte Severus Snape durchaus das Zeug gehabt, selbst zu einem der mächtigsten Zauberer des Bösen zu werden. Das Einzige, was ihn davon abhält, ist die nie versiegende Liebe zu Lily Potter. Sie ist es auch, die verhindert, dass er seine Fähigkeiten gegen Harry oder dessen

Freunde einsetzt – ein Glück für alle Beteiligten!

Platz 3: Gellert Grindelwald

Der Jugendfreund von Albus Dumbledore darf in der Rangliste der mächtigsten Zauberer auf keinen Fall fehlen, obwohl er in den Harry-Potter-Bänden keine so große Rolle spielt wie in Phantastische Tierwesen und wo sie zu finden sind.

Gellert Grindelwald fällt schon in seiner Jugend als einer der talentiertesten Zauberschüler Durmstrangs auf. Seine magischen Fähigkeiten sind denen Dumbledores durchaus ebenbürtig. Als er mit 18 Jahren wegen schwarzmagischer Experimente der Schule verwiesen wird, zieht er zu seiner Großtante nach Godric's Hollow. Dort lernt er den jungen Albus Dumbledore kennen und die beiden werden beste Freunde, die sich gegenseitig durch ihre Fähigkeiten und ihre überragende Intelligenz in ihrer Magie beflügeln.

Leider wechselt Grindelwald später den Kurs zum »größeren Wohl« – womit letztlich nichts anderes als die Unterdrückung der Muggel gemeint ist. Er gehört zu jenen Zauberern, die nicht verstehen können, warum sich die Zaubererwelt vor den Muggeln verstecken sollte. Also wendet er sich ab und nutzt seine magischen Kräfte für die dunklen Künste. Vor allem in den Bereichen Okklumentik und Verwandlung ist Grindelwald wohl einer der begabtesten Zauberer seiner Zeit. Außerdem ist er als Seher sehr versiert und

schafft es selbst ohne abgeschlossene Ausbildung, schwierigste Zauber, wie beispielsweise den Unsichtbarkeitszauber, zu erlernen. Einen Tarnumhang braucht er nie.

Obwohl Gellert Grindelwald seine Gaben dazu missbraucht, die Zauberer an die Macht zu bringen und damit alle Muggel zu unterdrücken, steht er in seinen letzten Minuten seinem alten Freund Albus Dumbledore zur Seite. Er tritt Lord Voldemort entgegen und belügt ihn: Voldemort will wissen, wo sich der Elderstab befindet, aber Grindelwald, der weiß, dass sich der Zauberstab in Dumbledores Grab befindet, hält den Drohungen des Dunklen Lords stand, was er am Ende mit seinem Leben bezahlt.

Platz 2: Tom Vorlost Riddle alias Lord Voldemort

Lord Voldemort gehört definitiv zu den mächtigsten Zauberern, die je das Licht der Welt erblickt haben. Er ist der perfekte Gegenpart zu Harry, der seine Macht durch die Kraft der Liebe erhält. Denn der Dunkle Lord steht für das Gegenteil: den Hass beziehungsweise das Fehlen jeglicher Liebe. Merope Gaunt, Voldemorts Mutter, hatte den charismatischen Muggel Tom Riddle Senior nur mithilfe eines Zaubertranks dazu verführen können, sie zu heiraten und mit ihr ein Kind, Tom Riddle Junior, zu zeugen.

Nichtsdestotrotz sind die Lebensläufe von Harry und Tom verblüffend ähnlich: Zum Beispiel sind beide Waisen und beide sprechen Parsel ... wenn man einmal davon absieht, dass sie sich für unterschiedliche Seiten entscheiden und daher auch gegeneinander kämpfen. Doch nicht nur ihre Lebensläufe weisen Gemeinsamkeiten auf, sondern vor allem auch ihre magische Macht. Was Harry anfangs nicht weiß und Lord Voldemort vermutlich aus Arroganz ignoriert, ist, dass die beiden Zauberer durch den Todesfluch, mit dem Voldemort Harrys Eltern niederstreckte und ihm seine charakteristische Narbe verpasste, auf sehr spezielle Weise verbunden sind. Aufgrund dessen verfügt Harry nämlich über einige Fähigkeiten, die eigentlich nur der Dunkle Lord beherrscht, wie zum Beispiel Parsel, die Sprache der Schlangen.

Tom Riddle fällt schon als Kind durch seine überragende magische Begabung auf, die er leider schon zu dieser Zeit zu einem einzigen Zweck nutzt: Er will der mächtigste Zauberer aller Zeiten werden. Für diesen Zweck reißt er sogar seine Seele in mehrere Teile, um durch die Erschaffung mehrerer Horkruxe unsterblich zu werden. Auf seinem Weg zur Macht tötet er unzählige Hexen und Zauberer, unter anderem Harrys Eltern, Lily und James Potter. Mit dem Mord an Gellert Grindelwald versucht er, der rechtmäßige Besitzer des Elderstabs, des mächtigsten Zauberstabs der Welt, zu werden. Der Dunkle Lord wäre damit in Kombination mit seinen, sämtliche Bereiche der Magie übergreifenden Fähigkeiten, beinahe tatsächlich genau jene unendliche Macht zugefallen, von der er sein Leben lang geträumt hat. Doch letzten Endes eben nur beinahe, da der Elderstab im letzten Duell zwischen Harry und Voldemort seinem wahren Besitzer, nämlich Harry, gehorcht.

Tom Vorlost Riddle gelingen Zauber und Flüche, an die sich zuvor noch keiner gewagt hat. Abgesehen von der Erschaffung der Horkruxe, schafft es Voldemort, in den Körpern anderer Personen und sogar als Erinnerung zu existieren. Zudem ist er der einzige Zauberkundige, der es je geschafft hat, seine eigene »Wiedergeburt« im eigenen Körper zu bewerkstelligen.

Ein weiterer Aspekt, der die Macht des Dunklen Lords charakterisiert, ist seine Fähigkeit, das Geschehen in der Welt der Zauberer und Hexen zu lenken, ohne dass er selbst in den Vordergrund treten muss. Es gelingt ihm unter anderem, das Trimagische Turnier mithilfe seiner Handlanger und Marionetten so zu beeinflussen, dass seine Rückkehr eingefädelt werden kann und Harry ihm am Ende beinahe ausweglos ausgeliefert ist. Außerdem leitet er eine gewisse Zeit lang das Zaubereiministerium, ohne dass es jemand bemerkt, indem er Pius Thicknesse mithilfe des Imperius-Fluchs kontrolliert.

Die Manipulation anderer Menschen, sei es durch sein charismatisches Auftreten in jüngeren Jahren oder später durch seine Zauberkünste, ist eine Form der Machtausübung, die Voldemort in Perfektion beherrscht. Auf diese Weise schart er auch die unzähligen Todesser um sich, die blind vor Ergebenheit und Begeisterung seinen Willen durchsetzen.

Platz 1: Albus Percival Wulfric Brian Dumbledore

Albus Dumbledore, der mächtigste Magier aller Zeiten, ist zu dem Zeitpunkt, als Harry ihn kennenlernt, bereits über 100 Jahre alt. Trotz seiner immer freundlichen Ausstrahlung und seinen Vorlieben für Streiche und Juxe aller Art ist jedem bei seiner imposanten Erscheinung sofort klar, welche unbeschreibliche Macht er besitzt.

Er ist derjenige, der allen hier Genannten entweder als Lehrer oder als Schulleiter von Hogwarts den Zugang zur Welt der Hexen und Zauberer gewährte. Zu seinen Taten und Verdiensten sei im Anschluss mehr angemerkt. Denn abgesehen von seinen beinahe überirdischen magischen Fähigkeiten gibt es ein zusätzliches hervorstechendes Merkmal, das ihn über alle anderen Zauberer und Hexen hebt: Erst zum Schluss wird klar, dass Albus Dumbledore alle Geschehnisse, die in Harrys Zeit in Hogwarts passieren, mit unglaublicher Weitsicht vorausgesehen hat. Sogar nach seinem eigenen Tod – den er ja bekanntermaßen ebenfalls selbst von langer Hand plante –, vermochte er die Geschehnisse noch so zu lenken, dass letztlich alles den von ihm gewünschten Weg ging.

Alles beginnt im Grunde schon, bevor Dumbledore selbst in Erscheinung tritt – nämlich bei Harrys Geburt. Albus Dumbledore ist derjenige, der dafür sorgt, dass Harry nach dem Tod seiner Eltern bei seinen Verwandten aufwächst, in einer Umgebung, in der er für den Jungen den größtmöglichen magischen Schutz aufbauen kann. Schließlich weiß er von Anfang an, dass Harry sein Leben lang von Lord Voldemort verfolgt werden wird – und dass diese Jagd erst dann beendet sein wird, wenn einer der beiden den anderen tötet. Es ist ein weiteres Zeichen seiner Macht, unter diesen schwierigen Umständen nie das Ziel, das dem Wohle aller dient, aus den Augen zu verlieren und schwach zu werden.

So wundert man sich als Leser oder Zuschauer zum Beispiel zunächst, warum Albus Dumbledore den Dunklen Lord bei keinem ihrer Zusammentreffen einfach tötet – seine Erfahrung, sein Talent und nicht zuletzt der Besitz des Elderstabs hätten ihn doch leicht dazu befähigt. Erst später wird allmählich klar, dass Dumbledore schon immer den Verdacht hegte, dass Voldemort Horkruxe kreiert hat und ein tödlicher Fluch deshalb sinnlos wäre. Der Einzige, dem das klar ist, ist Voldemort selbst – was Albus Dumbledore zum einzigen Zauberer macht, den der Dunkle Lord je gefürchtet hat.

Abgesehen davon, dass Dumbledore im Besitz aller drei Heiligtümer des Todes ist und dadurch zum Gebieter des Todes selbst wird, was ausreichen würde, um ihm die absolute und uneingeschränkte Macht zu verleihen, sind es noch etliche andere Fähigkeiten und Verdienste, die ihn zum mächtigsten Zauberer aller Zeiten machen:

- Er stellt gemeinsam mit Nicolas Flamel den Stein der Weisen her beziehungsweise arbeitet eng mit ihm bei seinen Forschungen zusammen.

- Er entdeckt die zwölf verschiedenen Anwendungen von Drachenblut.

- Sein Leben lang gilt er als Zauberer »erster Klasse«.

- Als Vorsitzender der Internationalen Vereinigung von Zauberern bekleidet er ein hohes Amt im Zaubereiministerium, lehnt aber alle Vorschläge, selbst Zaubereiminister zu werden, kategorisch ab.

- Im Zauberergamot, dem obersten Gericht der Zauberergemeinschaft, bekleidet er das Amt des Großmeisters.

- Er ist Inhaber des Ordens »Merlin 1. Klasse«. Der Orden wird nur an Zauberer verliehen, die sich um die positive Beherrschung der Magie verdient gemacht haben. Das heißt, dass ihn nur diejenigen Zauberer und Hexen erhalten, die ihre magischen Kräfte für ein friedliches Miteinander nutzen - und zwar sowohl in der Welt der Zauberer als auch gegenüber den Muggeln.

- Er ist der Gründer der Widerstandsgruppe namens Orden des Phönix.

Seine schillernde Gestalt wird umso liebenswerter, weil er stets die Schwachen und Ausgestoßenen schützt und vor allen Dingen danach strebt, der Schulleiter von Hogwarts zu bleiben und Teil der Schokofrosch-Sammelkarten zu sein. Es ist Dumbledores unermüdlicher Kampf gegen das Böse, der ihn selbst nach seinem Tod in den Herzen aller Beteiligten weiterleben lässt, und auch in seiner Rolle als Ziehvater Harrys gibt er ein beispielloses Vorbild.

Ein letztes eindrucksvolles Beispiel seiner Fähigkeiten und seiner Macht zeigt sich, als er Harry in der Welt zwischen Leben und Tod begegnet, um mit ihm über die Dinge des Lebens und Harrys weitere Entscheidungen zu reden. Dumbledore stellt ihn vor die Wahl, ins Leben zurückzukehren oder zu sterben. Als Harry ihn fragt, ob das gerade die Wirklichkeit sei oder ob sich alles in seinem Kopf abspiele, antwortet Dumbledore kryptisch: »Beides.« Dies ist wohl der letzte Beweis für die beinahe schon unerklärliche magische Macht dieses einmaligen Zauberers. Die lebende Legende Albus Dumbledore wird genauso wie Harry von der Kraft der reinen Liebe angetrieben, durch die er die Motivation für sein gesamtes Tun bekommt.

Kapitel 5

DIE GEFÄHRLICHSTEN TODESSER

Es ist nicht bekannt, wann die Vereinigung der Todesser gegründet wurde. Gerüchten zufolge soll es ungefähr in den 1950er-Jahren passiert sein, als sich die Gruppierung um Lord Voldemort bildete. Das wesentliche Merkmal der Todesser ist ihre lebenslange Treue zu ihrem Gebieter, dem Dunklen Lord, die jedoch immer wieder unter Beweis gestellt werden muss. Die Gruppe der Hexen und Zauberer, deren Ziel es ist, Lord Voldemort an die Macht zu bringen, zeichnet sich - jeweils auf ihre individuelle Art und Weise - insbesondere durch ihre schwarzmagischen Fähigkeiten und deren grausame Ausführungen aus. Dabei gibt es einige Hauptakteure, die es als Todesser immer wieder schaffen, nachhaltig ins Geschehen einzugreifen.

Platz 8: Rabastan Lestrange

Rabastan Lestrange, Bellatrix' Schwager, hat zwar keine wirkich tragende Rolle, ist aber nicht zu unterschätzen, wenn es um seine Gefährlichkeit geht. Er ist der Nachfahre eines Mitschülers von Tom Riddle, der schon damals für den noch so jungen Dunklen Lord brannte. Abgesehen vom rein familiären Hang zur schwarzen Magie ist Rabastan Lestrange einer der vier Todesser, die Neville Longbottoms Eltern mit dem Cruciatus-Fluch bis in den Wahnsinn foltern. Eigentlich hätte er für diese grausame Tat eine lebenslange Haftstrafe in Askaban absitzen sollen, doch er ist einer der Ersten, denen eine Flucht aus dem Gefängnis gelingt und der sich sofort wieder in die Dienste seines Gebieters stellt. Rabastan gehört auch zur Gruppe jener Todesser, die in Harrys fünftem Schuljahr versuchen, die Prophezeiung von Sybill Trelawney bezüglich Harrys und damit auch Voldemorts Zukunft aus der Mysteriumsabteilung zu stehlen.

Seine Gefährlichkeit besteht dabei aber im Grunde weniger in seinen Kampffähigkeiten oder Zauberkünsten als vielmehr in seiner bedingungslosen Treue gegenüber Voldemort. Er würde für seinen Herren buchstäblich durch die Hölle gehen, falls nötig. Und wahrscheinlich würde er dabei aufgrund seiner unglaublichen Eiseskälte noch nicht einmal ansatzweise schwitzen.

Platz 7: Corban Yaxley

Corban Yaxley ist ebenfalls ein stiller Agent im Hintergrund und eben wegen dieser Unauffälligkeit umso gefährlicher.

Da ist zum einen sein Können im Duell, das er eindrucksvoll zur Schau stellt, als er Filius Flitwick, einen der besten Duellanten aller Zeiten (siehe Kapitel 4), besiegt. Aber auch seine Fähigkeiten in den verschiedenen Bereichen der Magie machen Yaxley zu einem der wichtigsten Schergen Voldemorts. Yaxley beherrscht beispielsweise den Imperius-Fluch derart perfekt, dass es ihm gelingt, Pius Thickness ein ganzes Jahr lang damit zu belegen. Das Vertrauen, das der Dunkle Lord in ihn setzt, wird auch durch die gefährlichen und komplexen Aufträge deutlich. So ist es Yaxley, der sich nicht nur um Hermines Eltern »kümmern«, sondern auch Horace Slughorn gefangen nehmen soll. Da er zusätzlich den Posten als Leiter der Abteilung für magische Strafverfolgung innehat, wirkt er maßgeblich an den Verhören von Dolores Umbridge für die Strafverfolgung gegen Muggelstämmige mit *(Harry Potter und die Heiligtümer des Todes)*. Außerdem ist er derjenige, der es bei Hermines und Harrys Flucht aus dem Zaubereiministerium *(Harry Potter und die Heiligtümer des Todes)* schafft, sich an ihre Fersen zu hängen. Dadurch gelingt es ihm, in den Grimmauld Platz Nr. 12 einzudringen, dem Geheimversteck des Orden des Phönix!

Platz 6: Evan Rosier

Evan Rosier gehört ebenfalls zu den treuesten Anhängern Voldemorts. Er schließt sich sofort nach seiner Schullaufbahn in Hogwarts den Todessern an und folgt damit dem Vorbild seiner Verwandtschaft. Später geht er lieber freiwillig nach Askaban, als dem Dunklen Lord die Treue zu brechen. Besonders gefährlich machen ihn seine unantastbare Treue wie auch sein umfassendes Wissen die Dunklen Künste betreffend. Als einer der gefährlichsten Todesser wird er nach der ersten Herrschaft Voldemorts intensiv von den Auroren verfolgt. Er schafft es immer wieder, ihnen zu entkommen, bis ihn Mad-Eye Moody in einem Duell stellt. Obwohl Rosier dieses Duell am Ende mit dem Leben bezahlt, ist er es, der Alastor Moody so schwer verletzt, dass dieser einen Teil der Nase verliert.

5

Platz 5: Antonin Dolohow

Der Folterknecht Voldemorts kümmerte sich während der Rückkehr Lord Voldemorts um abtrünnige Todesser beziehungsweise Hexen und Zauberer der gegnerischen Seite. Seine Verbrechen brachten ihm schon in der Vergangenheit immer wieder Aufenthalte in Askaban ein – allerdings gelang es ihm mehrmals auszubrechen. Seine Gefährlichkeit hängt unter anderem mit seinem Hang zur Folter ohne Gnade und seiner absoluter Gewissenlosigkeit zusammen.

Er ist es, der Mad-Eye Moody in einem Kampf schwer verletzt und es allein mit Harry, Hermine und Ron aufnimmt, als die Schlacht in der Mysteriumsabteilung tobt – und das Ganze mit ausschließlich unausgesprochenen Flüchen! Als wäre das nicht schon genug, ist es auch Dolohow, der die beiden Brüder (Gideon und Fabian Prewett) von Molly Weasley tötet, und es geht auch auf sein Konto, dass Remus Lupin sein Leben in der Schlacht von Hogwarts lassen muss. Erst Filius Flitwick gelingt es in diesem Kampf, Dolohow zur Strecke zu bringen.

Platz 4: Augustus Rookwood

Augustus Rookwood ist einer der Charaktere, die immer wieder auftauchen, aber irgendwie auch immer wieder schnell vergessen sind. Genau das macht seine Gefährlichkeit aus, denn Rookwood agiert für Voldemort wie ein Geheimagent, der aufgrund seiner gesellschaftlichen Stellung in Bereiche vordringen kann, in denen er unauffällig großen Schaden anrichten kann. So ist er derjenige, der dem Dunklen Lord die wertvolle Information beschafft, dass nur derjenige eine Prophezeiung aus der Mysteriumsabteilung holen kann, den sie selbst betrifft. Als Insider – Rookwood hat einige Zeit selbst dort gearbeitet – ist ihm dieses Detail natürlich bekannt. Dieses Wissen lässt in Voldemort den Plan reifen, Harry in die Mysteriumsabteilung zu locken, um mehr über sein eigenes Schicksal zu erfahren, das so eng mit dem des jungen Zauberschülers verbunden zu sein scheint.

Augustus Rookwood gehört zweifellos zu den Todessern, die alles für Lord Voldemort tun würden. Als Spion verschafft er den Todessern wichtige Informationen aus verschiedenen Quellen, die für den Dunklen Lord von großer Bedeutung sind. Dabei war seine Stellung in der Mysteriumsabteilung von großem Nutzen. So arbeitet er jahrelang als einer der wichtigsten Anhänger Voldemorts im Verborgenen. Erst als Igor Karkaroff ihn vor dem Zauber-

gamot (*Harry Potter und der Feuerkelch*) verrät, um seine eigene Haut zu retten, fliegt Rookwoods Tarnung auf. Er bekommt eine lebenslange Haftstrafe in Askaban aufgebrummt. Doch dieses Urteil währt nicht lange, weil er als einer der wichtigsten und wertvollsten Informanten auf Voldemorts Geheiß von den Dementoren freigelassen wird (*Harry Potter und der Orden des Phönix*). In der Schlacht von Hogwarts ist er es, der Fred Weasley ermordet.

Platz 3: Bartemius Crouch Jr.

Der Sohn von Bartemius »Barty« Crouch Senior ist von Anfang an einer der glühendsten Anhänger und Verehrer Lord Voldemorts. Als hochbegabter Schüler von Hogwarts ist seine erste Tat nach dem Abschluss seiner Schullaufbahn, das Ehepaar Longbottom gemeinsam mit Bellatrix, Rabastan und Rudolphus Lestrange bis zum Wahnsinn zu foltern, nur um herauszufinden, wo sich der Dunkle Lord aufhalten könnte.

Barty Crouch Junior wird in dem darauf folgenden Prozess von seinem eigenen Vater zu lebenslanger Haft in Askaban verurteilt. Doch selbst das tut seiner Loyalität gegenüber Voldemort keinen Abbruch. Nach dem von Bartys Mutter geplanten Ausbruch aus Askaban muss sein Vater ihn über zehn Jahre lang verstecken, was ihm nur mithilfe des Imperius-Fluchs gelingt. Denn nur auf diese Weise hat er die Macht, seinen Sohn gegen dessen Willen zu Hause über zehn Jahre hinweg festzuhalten. Doch der Wille seines Sohnes ist sogar stärker als der Fluch und es gelingt ihm, der Gefangenschaft zu entfliehen. Dann schafft er es sogar, Albus Dumbledore ein ganzes Schuljahr lang über seine wahre Identität zu täuschen: Dazu verwandelt er sich mithilfe des Vielsafttranks und unter Einsatz des Imperius-Fluchs in Alastor Moody, den er gekidnappt hat. Hinzu kommt, dass Barty Crouch Jr.

einer der wenigen Todesser ist, welche die Kunst der Okklumentik (die Kunst, die eigenen Gedanken von anderen abzuschirmen) beherrschen - ein weiterer Pluspunkt im Dienste des Dunklen Lords.

Doch was seine Gefährlichkeit maßgeblich bestimmt, ist sein Wahn. Sämtliche Taten, die Barty Crouch Jr. vollbringt, zeugen von einer unheimlichen Besessenheit, die in der Form kaum einer der anderen Todesser an den Tag legt. Der treue Diener ist zu allem entschlossen - und leider auch fähig. Er gehört zweifellos zu den gefährlichsten Todessern, da es ihm gelingt, selbst die mächtigsten Zauberer dieser Zeit, darunter Albus Dumbledore und Alastor Moody, über einen langen Zeitraum hinweg zu täuschen.

Selbst vor dem Mord an seinem eigenen Vater schreckt Barty Crouch Jr. nicht zurück, um dem Dunklen Lord zu dienen. Später wird er von Zaubereiminister Cornelius Fudge zu einem Kuss der Dementoren verurteilt, der ihm die Seele raubt.

Platz 2: Lucius Malfoy

Lucius Malfoy zählt lange Zeit zu den treuesten und glühendsten Verehrern Voldemorts, doch er macht im Laufe der Geschichte eine einschneidende Veränderung durch, sodass man ihn zum Schluss im Grunde nicht mehr wirklich als Todesser einstufen kann. Denn nach seinem »Aufenthalt« in Askaban ist Lucius Malfoy offensichtlich nicht mehr der loyalste Diener des Dunklen Lords, was Lord Voldemort natürlich nicht entgeht. Stattdessen richtet sich Malfoys Fokus immer stärker auf seine Familie. Während der Schlacht um Hogwarts *(Harry Potter und die Heiligtümer des Todes)* bittet er den dunklen Lord dann sogar, die Kämpfe aufzugeben. Angeblich, damit bei den Kämpfen nicht auch aus Versehen Harry umgebracht wird und er somit der Gegenüberstellung mit Voldemort entrinnen kann. Doch dem Dunklen Lord ist nur allzu klar, dass sich Lucius dabei eigentlich nur um Draco sorgt. Das führt dazu, dass Voldemort letzten Endes nur noch Verachtung für Lucius übrighat. Trotzdem verbannt er seinen ehemals treuen Anhänger nie gänzlich – vermutlich weil er ganz genau weiß, dass Malfoy ein äußerst unangenehmer Gegner sein kann. Um den inzwischen unliebsam gewordenen Lucius aber in Schach zu halten, beauftragt ihn der Dunkle Lord immer wieder mit einfachen und kontrollierbaren Aufgaben. Denn die Gefährlichkeit Lucius Malfoys besteht zum einen in seinem gesellschaftlichen und politischen Einfluss. Zum anderen in seiner Unberechenbarkeit, die durch diesen Rang durchaus weitreichende Folgen haben kann.

Nichtsdestotrotz gehört Lucius Malfoy in die Liste der gefährlichsten Todesser, denn seine Taten vor seinem Sinneswandel unterstützen die Pläne des Dunklen Lords geradezu perfekt. Der wohlhabende Familienvater besetzt einen einflussreichen Posten im Zaubereiministerium und kann Voldemort so stets in die Hände spielen. Außerdem ist er mitverantwortlich dafür, dass die Kammer des Schreckens nach einem halben Jahrhundert wieder geöffnet wird, indem er es geschickt einfädelt, dass Tom Riddles Tagebuch in Ginny Weasleys Hände gerät.

Lucius Malfoy gehört definitiv zu den unberechenbarsten Charakteren, deren Treiben niemand vollständig durchschauen und voraussehen kann.

Platz 1: Bellatrix Lestrange

Bellatrix Lestrange ist sozusagen der Prototyp des Todessers. Von Voldemort höchstpersönlich ausgebildet, bringt sie alle Attribute mit, um der gefährlichste Todesser aller Zeiten zu sein. Ihr magisches Können, gepaart mit ihrer an Verrücktheit grenzenden Entschlossenheit und ihrem eiskalten Wesen machen sie zu einer äußerst tödlichen Waffe des Dunklen Lords. Schlimmer noch: Sämtliche Morde und grausame Taten, die auf ihr Konto gehen, scheinen ihr auch noch ungemeinen Spaß zu bereiten. Auch sie war bekanntlich maßgeblich an der Folter von Nevilles Eltern, Alice und Frank Longbottom, beteiligt.

Im Gegensatz zu manch anderen Todessern ist ihr Ziel ganz klar der Tod. Das bedeutet, wenn sie angreift, dann immer mit der Motivation, den Gegner ein für alle Mal auszuschalten. Es ist also kein Wunder, dass durch ihre Hand und ihren Zauberstab die meisten Morde geschehen – einzig übertroffen durch Lord Voldemort selbst. Unter ihren zahlreichen Opfern befinden sich auch Tonks und ihr Cousin Sirius Black. Allein durch diese beiden mehr als wehrhaften Opfer wird ihre Kunstfertigkeit in der Schwarzen Magie offensichtlich.

Ein anderer Punkt, der diese Hexe so furchteinflößend macht, ist ihre Verrücktheit. Für Bellatix Lestrange gibt es keine vernünftigen Grenzen, die zum Beispiel ihr Leben retten könnten. Und damit gibt es auch kein Zögern, kein Nachdenken und kein Halten. Wenn sie losgelassen wird, ist definitiv mit zahlreichen Todesopfern zu rechnen.

Doch auch im Hintergrund agiert die treueste Anhängerin Voldemorts mit einer eiskalt kalkulierten Art, die ihresgleichen sucht. Sie ist zum Beispiel die Einzige, die Severus Snape misstraut und ihn aufgrunddessen dazu zwingt, den unbrechbaren Schwur mit ihrer Schwester Narzissa Malfoy zu besiegeln. Das zeigt ihre Durchtriebenheit, denn durch diesen Schwur, der vordergründig dem Schutz ihres Neffen Draco Malfoy dienen soll, bindet sie Snape an den Plan Voldemorts, den er mithilfe von Draco durchführen will.

Im Grunde genommen müsste sich Bellatrix Lestrange ihren wohlverdienten Spitzenplatz mit einem weiteren Kandidaten teilen, da seine Taten ebenfalls zu den durchtriebensten gehören, die ein Todesser je vollbracht hat. Gemeint ist Peter Pettigrew alias Wurmschwanz, denn ohne ihn hätte der Dunkle Lord vielleicht nie wieder Gestalt annehmen und damit seine Macht ausweiten können. Doch Peter Pettigrew belegt genau aus diesem Grund Platz 2 einer anderen Liste: Obwohl er mit Sicherheit auch zu den gefährlichsten Todessern gehört, ist er durch sein hinterhältiges und unterwürfiges Wesen einer der nervigsten und meistgehassten Charaktere aller Harry-Potter-Geschichten – wie du aus Kapitel 3 bereits weißt.

Kapitel 6

DIE BEDEUTENDSTEN KÄMPFE

Wer bisher dachte, dass in einem Kinderbuch immer alles gut ausgehen muss, wird in den Harry-Potter-Bänden zweifellos eines Besseren belehrt. J. K. Rowling gelingt es immer wieder, ihre Leser aus der Fassung zu bringen, weil es eben nicht alle liebgewonnenen Charaktere schaffen, jeden Kampf und jedes Duell zu überleben. So manches Mal müssen wir im Laufe der Geschichte schmerzhaft Abschied nehmen – doch mehr dazu in Kapitel 7.

Klare Sache, die spannendsten Momente in Harrys Leben finden wohl in atemberaubenden Kämpfen statt. Sie stehen für die schicksalshafte Begegnung von Gut und Böse, aber auch für die Entwicklung und Veränderung verschiedener Charaktere und sind damit manchmal ausschlaggebend für den weiteren Verlauf der Geschichte. Sicherlich gibt es in der gesamten Saga viele Kämpfe, die es wert wären, an dieser Stelle noch einmal besprochen zu werden. Doch in diesem Kapitel soll es hauptsächlich um diejenigen gehen, die von großer symbolischer Bedeutung sind.

Platz 7: Molly Weasley vs. Bellatrix Lestrange

Hätte man zu Beginn der Harry-Potter-Saga Wetten abgeschlossen, wer dieses Duell gewinnen würde, wäre die Quote wahrscheinlich 0:100 ausgefallen. Denn bis zu diesem denkwürdigen Moment während der Schlacht von Hogwarts wäre wahrscheinlich niemand auf die Idee gekommen, dass sich Molly Weasley überhaupt auf einen Kampf mit der übermächtigen und völlig verrückten Bellatrix Lestrange einlassen würde.

Doch mit einer Löwenmutter wie ihr ist nicht zu spaßen, vor allem wenn eines ihrer Kinder in Gefahr ist. Molly Weasley konfrontiert die boshafte Todesserin mit etwas, was sie selbst nie gekannt hat: Mutterliebe.

Molly treibt die Hexe überraschenderweise mit Leichtigkeit in die Enge, um sie dann mit einem letzten vernichtenden Fluch in tausend Teile zerspringen zu lassen. Selbst in den verrückten Zügen von Bellatrix spiegelt sich in ihren letzten Sekunden ungläubiges Staunen darüber, dass es wirklich Molly Weasley ist, die ihr irdisches Dasein beendet. Ein denkwürdiger Kampf mit einem überraschenden Ende, der an Symbolhaftigkeit kaum zu übertreffen ist.

Platz 6: Neville Longbottom vs. die Greifer

Greifer sind vom Zaubereiministerium angeheuerte Kopfgeldjäger, die in *Harry Potter und die Heiligtümer des Todes* ihr Geld damit verdienen, dem rassistischen Regime muggelstämmige Hexen und Zauberer auszuliefern. Sie sind dabei nicht gerade zimperlich und befördern jeden nach Askaban, der in dieses Schema passt. Deshalb sind die sogenannten Greifer-Trupps, die sich zusammengetan haben, um auf Menschenjagd zu gehen, bei allen sehr gefürchtet.

Umso erstaunlicher und deshalb erwähnenswert ist der Kampf, auf den sich Neville Longbottom mit diesen eiskalten Jägern einlässt. Er steht in der Schlacht von Hogwarts Hunderten von ihnen gegenüber, als sie gerade versuchen, über die lange Holzbrücke, die zum Schloss führt, einzudringen. Neville nimmt es allein mit einer ganzen Armee auf und schafft es, die Brücke zum Einsturz zu bringen, sodass sämtliche Greifer mit ihr in den Tod gerissen werden.

Sicherlich hat Neville während dieser Schlacht noch einiges mehr geleistet (siehe auch Kapitel 8) – man könnte sogar sagen, dass er den Kampf immer wieder dominiert hat. Trotzdem ist dieser Moment einer der symbolhaftesten, der vor allem im Film drastisch dargestellt wird: Der einst scheue und verträumte Neville der ersten Bände wirft sich hier ohne zu zögern in eine Schlacht gegen Hunderte Angreifer – ein auf den ersten Blick aussichtsloses Unterfangen. Dieser Kampf ist sozusagen die bildhafte Darstellung der unglaublichen Entwicklung, die Neville im Laufe der Jahre durchgemacht hat. Diese Auseinandersetzung steht für einen ganz besonderen Wert: den Glauben an sich selbst. Obwohl Neville von Anfang an von allen anderen als Loser gesehen wird, gibt er niemals auf. Er kämpft jahrelang einen der schwersten Kämpfe – nämlich den gegen sich selbst. Er ist das leuchtende Beispiel dafür, was man im Leben alles erreichen kann, solange man sich von nichts und niemandem unterkriegen lässt.

Platz 5: Harry Potter vs. Ungarischer Hornschwanz

Obwohl sich Harry in dieser Szene in *Harry Potter und der Feuerkelch* »nur« mit einem Drachen herumschlagen muss, der im Vergleich zu einem aufgestachelten Basilisken relativ harmlos wirkt, steht dieser Kampf den anderen in puncto Spannung in nichts nach. Denn ein Ungarisches Hornschwanzweibchen, das um sein Gelege fürchtet, gehört mit Sicherheit zu den Kreaturen, denen niemand gerne begegnen möchte.

Anfangs ist Harry auch genau aus diesem Grund erst einmal auf der Flucht vor dem zornigen Monster, bis es ihm schließlich gelingt, seinen Besen herbeizuzaubern. Ab diesem Moment ist er zwar wendiger und sicherlich auch eher in seinem Element – Fliegen kann er schließlich besonders gut. Doch das Drachenweibchen zeigt sich nicht im Mindesten beeindruckt und der Kampf wird in der Luft fortgesetzt. Dabei hat es mehr als einmal den Anschein, als würde Harry dieses Mal wirklich untergehen, denn die halsbrecherischen Aktionen und Flugmanöver wirken manchmal doch eher unkontrolliert.

Letzten Endes geht Harry jedoch wider Erwarten als Sieger hervor und darf weiterhin am Trimagischen Turnier teilnehmen. Vor allem steht dieses Duell für Harrys unerschütterlichen Kampfgeist und seinen Mut, sich ausweglosen Situationen zu stellen.

Platz 4: Harry Potter vs. Basilisk

Kämpfe von Hexen und Zauberern mit magischen Kreaturen gehören stets zu den spannendsten Ereignissen. Das Duell Mensch gegen Monster ist eines der klassischsten Motive überhaupt: die Faszination, sich einer übermächtigen Kraft zu stellen, mit wenig Hoffnung auf einen Sieg, denn solche Duelle enden meist tödlich für den Menschen.

Magische Tierwesen verfügen schließlich nicht nur über verschiedenste Zauberkräfte, sondern sind in der Regel schon allein aufgrund ihrer Statur so beeindruckend, dass sich sicherlich niemand freiwillig auf eine Auseinandersetzung mit ihnen einlässt. So ist es auch bei Harry, der in *Harry Potter und die Kammer des Schreckens* in ein Duell auf Leben und Tod mit dem Basilisken verwickelt wird, nachdem das Geschöpf in diesem Schuljahr ganz Hogwarts terrorisiert hat. Dahinter steckt natürlich niemand anderer als Voldemort – in diesem Fall als sein jüngeres Ich Tom Riddle. Aufgehetzt durch den Dunklen Lord, attackiert die monströse Schlange Harry, der in seinem zweiten Schuljahr eigentlich noch weit davon entfernt ist, sich mithilfe seiner Zauberkünste erfolgreich zu verteidigen. Deshalb stehen auch dieses Mal seine Chancen schlecht, dass er es schafft, unversehrt aus dieser lebensbedrohlichen Situation zu entkommen.

Doch selbst in der ausweglosesten Situation zeigt der junge Zauberschüler Kampfgeist, sogar als er diesem fünfzehn Meter langen, mit tödlicher Magie ausgestatteten Gegner gegenübersteht. Harry schlägt sich erst einmal recht wacker und bleibt vorerst am Leben. Dass er völlig unerwartete Hilfe bekommen wird - von Fawkes, Dumbledores Phönix -, kann er in diesem Moment nicht wissen. Aufgrund dieser Unterstützung hat Harry eine echte Chance auf einen Sieg, die er auch sofort nutzt. Er schafft es tatsächlich, den Basilisken zu töten und damit auch Lord Voldemort aufs Neue zu besiegen. Ein unfassbar spannender Kampf um Leben und Tod!

Platz 3: Harry Potter vs. Lord Voldemort – Duell auf dem Friedhof von Little Hangleton

Dieses Zusammentreffen auf dem Friedhof von Little Hangleton, wohin der Portschlüssel die beiden Finalisten des Trimagischen Turniers, Harry Potter und Cedrick Diggory, versetzt, ist der erste richtige Kampf zwischen Harry und Voldemort – und sicherlich einer der denkwürdigsten.

Dieses Duell ist nicht nur deshalb so spannend, weil Harry in diesem Moment das erste Mal seinem Widersacher in Fleisch und Blut gegenübersteht, sondern auch weil Voldemort Harry bei dieser Gelegenheit ganz offiziell zu einem Zaubererduell herausfordert, wie es sich gehört. Zu Beginn stehen die Chancen gut, dass der Dunkle Lord den Kampf für sich entscheiden und Harry die Arena nicht lebend verlassen wird. Voldemort ist sich seiner Sache sogar dermaßen sicher, dass er den beistehenden Todessern befiehlt, sich nicht einzumischen – er will auskosten, wie Harry um seinen Tod bettelt. Ein folgenschwerer Fehler, wie sich herausstellen wird.

Es ist ein Moment, in dem die Zeit stillzustehen scheint: Harry stellt sich das erste Mal, den Tod akzeptierend, Voldemorts Angriff. Doch was dann passiert, verblüfft nicht nur die beiden Duellanten und alle Umstehenden, sondern im Nachhinein selbst diejenigen, die sich in der Zaubererwelt wirklich gut auskennen. Die Zauberstäbe von Voldemort und Harry entwickeln ein Eigenleben, als die Flüche, die sie einander entgegenschleudern, aufeinandertreffen: Priori Incantatem. Diese seltene Fluchumkehr ist den wenigsten Hexen und Zauberern bekannt. Sie findet statt, wenn zwei Zauberstäbe mit identischem Kern dazu gezwungen werden, gegeneinander zu kämpfen. In der Folge zwingt der stärkere der verschwisterten Stäbe den schwächeren dazu, alle von ihm geleisteten Flüche in umgekehrter Reihenfolge noch einmal »auszuspucken«.

Den Zwillingskern von Harrys und Voldemorts Zauberstab bildet eine Phönixfeder von Fawkes, und so tritt bei diesem Duell der Priori-Incantatem-Zauber ein. Harrys Stab ist in diesem Fall der stärkere, weshalb nach und nach aus Voldemorts Zauberstab alle zuvor geleisteten Flüche hervorquellen. Da es hauptsächlich unverzeihliche Flüche sind, vor allem Avada Kedavra, der Todesfluch, dauert es nicht lange, bis einige schattenhafte Echos der durch ihn getöteten Menschen auftauchen. Dazu gehören der kurz vor dem Duell durch Voldemorts Avada-Kedavra-Fluch getroffene Cedric Diggory, Bertha Jorkins und Harrys Eltern. Diese geisterhaften Abbilder der Verstorbenen verbünden sich nun mit Harry und verschaffen ihm eine Sekunde Vorsprung, sodass er mit Cedric Diggorys leblosem Körper zurück zum Portschlüssel gelangen und sich in Sicherheit bringen kann. Ansonsten wäre er dem nächsten Fluch des versierten Zauberers Voldemort zweifellos zum Opfer gefallen und die Harry-Potter-Saga wäre mit Band 4 zu Ende gewesen.

Platz 2: Albus Dumbledore vs. Lord Voldemort

Das Duell dieser beiden magischen Giganten findet im Zusammenhang mit der Schlacht in der Mysteriumsabteilung in *Harry Potter und der Orden des Phönix* statt. Dieses Ereignis ist einer der unvergesslichsten Momente in der gesamten Harry-Potter-Saga (siehe Kapitel 8). Denn abgesehen von der Symbolhaftigkeit, dass sich in diesem Moment Gut und Böse Auge in Auge gegenüberstehen, ist es vor allem die spektakuläre Art und Weise, wie sich die beiden Duellanten bekriegen, die dem Leser beziehungsweise Zuschauer den Atem raubt. Der Beobachter wird dabei Zeuge eines nie dagewesenen Kampfes, bei dem die zwei mächtigsten Zauberer der Gegenwart aufeinandertreffen: Dumbledore kommt Harry zu Hilfe, als er von Lord Voldemort in der Mysteriumsabteilung angegriffen wird. Der Schulleiter baut sich als menschliches Schutzschild zwischen den beiden Kontrahenten auf und wehrt zuerst eine riesige Feuerschlange ab, die der Dunkle Lord mithilfe eines Zaubers entfesselt. Kurz darauf lässt Dumbledore einen Schauer aus tödlichen Splittern unter seinem mächtigen Gegenfluch zu Staub zerfallen. Im Laufe des Duells merkt auch Voldemort, dass jede seiner Aktionen, die wahrscheinlich kein anderer Zauberer der Welt überlebt hätte, von Dumbledore

abgeblockt wird. Bevor er flieht, kann man etwas noch nie Dagewesenes in seinen Augen sehen: Resignation. Voldemort wird offenbar in diesem Moment klar: Er wird dem mächtigsten Zauberer aller Zeiten im direkten Duell niemals gewachsen sein. Die Hierarchie, die es von Anfang an gab – der Lehrmeister beziehungsweise Schulleiter erteilt seinem Schüler eine Lektion –, wird immer bestehen bleiben, ganz egal, welcher Tricks sich der Dunkle Lord bedient.

Voldemort gibt also für den Moment wutentbrannt auf und zieht sich zurück. Doch Dumbledore ist nicht der stolze oder gar freudige Sieger – in seinen Augen spiegelt sich etwas ganz anderes, nachdem der Kampf beendet ist: Enttäuschung und Traurigkeit darüber, dass einer seiner eigenen Schüler, einer seiner Schützlinge, unwiderruflich zur dunklen Seite gewechselt ist. Es ist eben dieser Schmerz, den man während des gesamten Kampfes bei ihm beobachten kann. Kein Hass, kein Zorn – nur Enttäuschung.

Platz 1: Harry Potter vs. Lord Voldemort – Finaler Kampf

Dieser entscheidende und von Anfang an erwartete finale Kampf zwischen Harry Potter und dem Dunklen Lord ist zweifellos »der Kampf« schlechthin. Über Jahre hinweg war jedem Potterhead klar, dass es irgendwann auf diesen Moment hinauslaufen würde: Harry müsste sich eines Tages endgültig dem Dunklen Lord und damit seinem eigenen Tod stellen. Ein absolut symbolisches Schauspiel, denn ist es am Ende nicht für jeden Menschen so, dass er dem Tod allein gegenübersteht?

Dies ist er also, der mit größter Spannung und über viele Jahre hinweg erwartete Augenblick, in dem die Zeit stillsteht. Der Moment, in dem entweder alles einen Sinn ergibt oder alle Hoffnung und damit auch die gesamte Saga, gemeinsam mit Harry, stirbt.

In diesem Fall ist die Eröffnung des Kampfs das Erstaunlichste. Denn es ist Harry, der angreift, und das auf eine noch nie dagewesene Art. Er packt Voldemort mit beiden Händen am Hals und stürzt sich mit den Worten »Beenden wir es so, wie wir es angefangen haben: zusammen!« mit ihm von den Mauern der Schule. Kein Zauberspruch, keine Zauberstäbe – es sind seine blanken Hände, mit denen er nach dem Tod greift. Selbst Voldemort ist über diese Aktion so erstaunt, dass er nichts dagegen unternehmen kann,

als Harry ihn mit sich in die Tiefe reißt. In diesem Moment wird auch dem Dunklen Lord klar, dass Harry ein ganzes Stück weiter gegangen ist als er selbst. Denn Harry hat den Tod akzeptiert, was Voldemort noch nie gelungen ist. Aus diesem Grund hat J. K. Rowling auch den vielsagenden Namen Voldemort gewählt – was aus dem Französischen übersetzt nichts anderes als »Flucht vor dem Tod« heißt.

Durch ihre Verbindung, die sie in der schicksalhaften Nacht, als Harrys Eltern starben, unfreiwillig miteinander eingegangen sind, reicht schon die körperliche Nähe zueinander aus, um beide während des Sturzes in die Tiefe unerträgliche Qualen leiden zu lassen. Sie ringen um sich, um den Tod und um das Ende der Geschichte. Dabei ist es Voldemorts Kraft, die beide unversehrt zu Boden bringt. Wenn es nach Harry gegangen wäre, hätten sie wohl beide den Sturz nicht überlebt.

Unten angekommen, stürzen sie sich in ihr letztes magisches Duell, und es ist unklar, wer es für sich entscheiden wird. Denn die Kräfte sind vorerst ausgeglichen. Im Hintergrund tobt die Schlacht von Hogwarts und auch hier geht es um den finalen Kampf von Gut gegen Böse. Erst als Neville Longbottom im Zuge der Schlacht mithilfe des Schwertes von Gryffindor Nagini, den letzten Horkrux, tötet, löst sich auch der dunkelste Magier aller Zeiten in Staub auf. Das funktioniert aber nur, weil der Elderstab, der sich zu diesem Zeitpunkt in Voldemorts Besitz befindet, am Ende seinem wahren Herren gehorcht: Harry. Zur Erinnerung: Harry hatte den Zauberstab im Kampf gegen Draco Malfoy erobert; Voldemort hat ihn später lediglich aus Dumbledores Grab gestohlen. Er war demzufolge nie der wahre Besitzer des Zauberstabs. Als dann Harrys und Voldemorts Flüche in diesem letzten Kampf aufeinandertreffen, entscheidet sich der mächtigste Zauberstab der Welt für seinen echten Besitzer. Der Fluch Voldemorts wird dadurch auf ihn zurückgeworfen und tötet ihn, während der Elderstab zu Harry fliegt.

Dieses letzte Duell zwischen den beiden bildet den Höhepunkt der Saga und ist an Spannung wohl unübertroffen. Denn jeder, der die Geschichte von Anfang an mitverfolgt hat, weiß, dass der Dunkle Lord ohne zu zögern versuchen wird, Harry zu töten. Diese Vorahnung scheint sich zunächst zu bestätigen, als Harry in diesem alles entscheidenden Kampf wieder keinen Todesfluch – also den schlimmsten der Unverzeihlichen Flüche –, sondern den simplen Entwaffnungszauber Expelliarmus anwendet. Ob er sich ganz sicher ist, dass der Elderstab zu seinem wahren Gebieter zurückkehren wird, oder ob er einfach durch und durch gut ist und deshalb den Avada-Kedavra-Fluch nicht über die Lippen bringt, bleibt Spekulation.

Doch warum stirbt Harry nicht bereits im vorherigen Kampf gegen Voldemort im Verbotenen Wald? Immerhin wird Harry vom Todesfluch getroffen, den bisher noch kein anderer Zaubererer überlebte, außer er selbst in der Nacht, in der seine Eltern starben. Dass Harry ein weiteres Mal den schlimmsten der Unverzeihlichen Flüche überlebt, liegt daran, dass Voldemorts Avada Kedavra nicht Harry selbst tötet, sondern den in Harry befindlichen Teil seiner eigenen Seele. Der Auserwählte ist ein - wenn auch unbeabsichtigter - Horkrux Voldemorts. Als Letzterer versucht, Harry im Kindesalter zu töten, prallt der Todesfluch auf ihn zurück, wobei seine durch die vielen Spaltungen geschwächte Seele zerspringt. Ein Teil seiner Seele wird dabei auf Harry übertragen, der so unfreiwillig eine einzigartige Verbindung mit seinem Feind eingeht. In Form einer richtigen Gestalt erscheint dieser Teil bei der Begegnung Harrys mit Dumbledore zwischen Leben und Tod, auf dem imaginären Bahngleis 9 ¾ *(Harry Potter und die Heiligtümer des Todes)*. Das grauenvolle, aber auch mitleiderregende Etwas, das Harry in einer Ecke des Bahnsteigs entdeckt, ist jener kleine Teil von Voldemort, der an Harry haftet. Trotzdem kann man hier nicht von einem richtigen Seelenteil sprechen, der Harry beeinflussen könnte. Geschweige denn, dass dieses Stückchen Voldemorts Überleben sichern könnte. Diese Information bekommt Harry dann auch von Dumbledore, der ihm mitteilt, dass man dieser kleinen und abscheulichen Kreatur nicht helfen könne.

Das Ironische ist, dass Voldemort selbst diesen letzten kleinen Teil von sich zerstört, als er Harry bei dem Duell im Verbotenen Wald mit dem Todesfluch belegt *(Harry Potter und die Heiligtümer des Todes)*. Er vergisst in diesem Moment, dass das Einzige, was er an Harry wirklich umbringen kann, jener winzige Teil von ihm ist, weil dieser nicht durch Lilys Bann geschützt ist. Voldemort löscht sich am Ende also selbst aus und all seine Bemühungen, die er zu Lebzeiten unternimmt, dem Tod zu entrinnen, waren vergeblich.

Die Kämpfe zwischen Harry und Voldemort symbolisieren aber noch mehr als die pure Spannung, die durch das Aufeinandertreffen zweier Gegner und die Auseinandersetzung zwischen Gut und Böse entsteht. Sie sind eine Art Zeugen der Überheblichkeit und Arroganz, die Voldemort letztlich zu Fall bringen. Denn er macht von Anfang an mehrere Fehler, die man schon beinahe als eine Art Selbstmord betrachten kann:

1. Er hat keine Ahnung von dem magischen Schutz Lilys, der bei dem Mord an ihr und James auf Harry übergeht und den Dunklen Lord so sehr schwächt, dass er eine Zeit lang nur als eine Art Schatten ohne Körper existieren kann *(Harry Potter und der Stein der Weisen)*.

2. Bei seiner Wiederauferstehung auf dem Friedhof von Little Hangleton *(Harry Potter und der Feuerkelch)*, die er mithilfe von Harrys Blut bewerkstelligt, übersieht er, dass dieses Blut ab sofort auch in seinen Adern fließt. Das heißt, dass von diesem Moment an der Schutz für Harrys Leben in ihm pulsiert. Daher ist es ihm unmöglich, Harry zu töten.

3. Er weiß nichts von der magischen Wirkung von Priori Incantatem, der durch den Zwillingskern ihrer beiden Zauberstäbe ausgelöst wird *(Harry Potter und der Feuerkelch)*.

4. Das Zusammenspiel von Lilys magischem Bann, der Treue des Elderstabs und der Tatsache, dass er den letzten winzigen Teil von sich selbst zerstört, führen schließlich zu Voldemorts Tod *(Harry Potter und die Heiligtümer des Todes)*.

Kapitel 7

DIE TRAURIGSTEN TODE

Für jeden, der in Harrys Welt eingetaucht ist, gab es so einige Momente der Fassungslosigkeit und Trauer. Besonders dramatisch waren die Tode derjenigen, die in Harrys Leben eine wichtige Rolle spielten. Deshalb werden in diesem Kapitel die traurigsten Tode besprochen – die übrigens so manches Mal im Film ganz anders als im Buch dargestellt wurden.

Platz 6: Cedric Diggory

Obwohl Harrys Mitschüler Cedric Diggory keine Hauptrolle spielt, hat es vor allem die Darstellung im Film geschafft, seinen Tod als einen der eindrucksvollsten Momente im Gedächtnis der Fans zu verankern.

Nachdem man Cedric nur kurz in Harrys drittem Schuljahr als Kapitän der Quidditch-Mannschaft von Hufflepuff kennenlernt, taucht er in *Harry Potter und der Feuerkelch* auf, als er für Hogwarts in das Trimagische Turnier zieht. Bestimmt hat Cedrics freundliche und angenehme Art damit zu tun, dass er schnell zu einem beliebten Charakter wird. Im Grunde ist Harry, der ja auf unfreiwillige Art als zweiter Hogwarts-Champion bei dem magischen Turnier antritt, wie alle anderen Teilnehmer ebenfalls Cedrics Konkurrent. Doch entgegen der Erwartung vieler schlägt Cedric einen anderen Weg ein als gedacht. Mit der Zeit betrachtet er Harry vielmehr als Partner. Die beiden helfen sich immer wieder gegenseitig bei den schwierigen Aufgaben des Turniers.

Es ist also zum einen Cedrics gewinnende Art, zum anderen die Darstellung im Film, die sein Dahinscheiden so dramatisch machen. Zweifellos ist dieser Moment im Buch nicht weniger eindrucksvoll – trotzdem vermitteln die bewegten Bilder ein unfassbares Gefühl der Traurigkeit. Da ist zuerst der Moment des Schocks, als die ersten Zuschauer des Turniers beim Auftauchen von Harry und Cedric realisieren, dass da etwas nicht stimmt. Eine teilweise noch jubelnde Menge, der ein vollkommen aufgelöster und in Schuldgefühlen versunkener Harry gegenübersteht. Er beugt sich über Cedrics Leiche und seine unerträglichen Gefühle scheinen beinahe greifbar. Die Kamera zeigt, wie langsam immer mehr Anwesende verstehen, welches Drama sich gerade in ihrer Mitte abspielt. Während die einen noch stürmisch applaudieren, kommen die Ersten, darunter Albus Dumbledore, Harry zu Hilfe. Seinen Höhepunkt erreicht die Szene in dem Moment, als Cedrics Vater, Amos Diggory, begreift, was passiert ist. Der freundliche Witwer, dem zuerst seine Frau und jetzt auch noch sein einziger Sohn, sein ganzer Stolz, genommen wurden, bricht zusammen. Fassungslos schreit er immer wieder: »Das ist mein Sohn! – Das ist mein Junge!« Ein Moment, der mit Sicherheit an niemandem spurlos vorübergegangen ist.

Es kommt noch ein dritter Aspekt dazu, warum Cedrics Tod ein beklemmendes Gefühl hinterlässt. Es ist die düstere Vorahnung, die den Zuschauer überkommt, als Harry, über Cedrics Leiche gebeugt, Dumbledore erklärt, dass dies das Werk Lord Voldemorts ist und dass er zurückgekehrt ist. Obwohl Harry mehrmals wiederholt, dass das Böse wieder aufgetaucht ist, hält Dumbledore das Gesicht des Zauberschülers in den Händen und starrt ihn verständnislos an. In dem Moment, in dem der Schulleiter versteht, was er gerade erfahren hat, schüttelt er Harrys Kopf in seinen Händen. Diese Geste zeigt, wie schwer es selbst für diesen mächtigen Zauberer ist, diese Neuigkeit zu akzeptieren. Es sieht beinahe so aus, als würde Dumbledore versuchen, doch noch eine andere, eine bessere Nachricht zu bekommen, indem er Harrys Kopf schüttelt.

Mit dem Opfer des so integren und unschuldigen Cedric gelingt Lord Voldemort ein zwar unbeabsichtigtes, aber umso eindringlicheres Comeback.

5

Platz 5: Severus Snape

Es sind nicht nur der Charakter und das Verhalten des Hauslehrers von Slytherin, die die Fans oft in zwei Lager spalten. Auch der Tod dieses polarisierenden Zauberers war für die einen eine absolut dramatische Wendung, während es für die anderen schon beinahe eine Erlösung war, endlich diesen unsympathischen Zeitgenossen nicht mehr in den Geschichten um Harry Potter antreffen zu müssen.

Rückblickend betrachtet verkörpert die Figur des Severus Snape das pure Drama. Denn trotz seines oft so unsympathischen Handelns steht er am Ende doch nur für eine Botschaft: die lebenslange Liebe und Treue zu einer Frau, die er nie erobern konnte. Die Geschichte eines Außenseiters, der in jungen Jahren von seinen Mitschülern gemobbt wurde und dann auch noch zusehen musste, wie die Liebe seines Lebens mit einem derer, die ihn so oft schon bloßgestellt haben, eine Ehe schließt. Trotz alldem ist die Treue zu dieser Liebe, Harrys Mutter Lily, unsterblich. Severus Snape ist der perfekte Antiheld, der von manchen erst im Moment seines Todes den verdienten Respekt erntet. Denn als er stirbt, schaut er Harry an und sagt: »Du hast die Augen deiner Mutter.« Da bleibt vermutlich kein Auge trocken.

Die Dramatik soll Severus Snape ein ganzes Leben lang begleiten, als er zum einen als Maulwurf in Voldemorts Reihen agiert, um Dumbledore und seinen Anhängern wertvolle Informationen zukommen zu lassen. Er begibt sich immer wieder in Lebensgefahr, um letztlich der guten Seite zu dienen. Den Ent-

schluss dazu fällt er bereits, als er erfährt, dass Voldemort die Potters – und damit seine große Liebe Lily – töten will. In der Folge erträgt er jede Anfeindung und jeden Spott, die ihn Zeit seines Lebens immer wieder treffen, da allein Albus Dumbledore von Snapes Pakt mit dem Guten weiß. Snape hat auch immer ein wachendes Auge auf Harry – ein weiterer Beweis seiner Liebe zu Lily, denn oft genug ist seine innere Zerrissenheit gegenüber dem Jungen, der seiner Mutter so ähnlich sieht, aber gleichzeitig auch ein Abbild seines Vaters ist, deutlich zu spüren. Spätestens in dem Moment, als der Leser erfährt, dass Snapes Patronus eine Hirschkuh ist, also derselbe wie der Lily Potters, ist wohl jedem klar, dass sich hinter Snapes Fassade ein ganz anderer Mensch verbirgt.

Die Dramatik, die Snapes ganzes Leben begleitet, gipfelt in seinem Tod. In dieser Szene wird die ganze Grausamkeit, die der Zauberer sein Leben lang von allen Seiten ertragen musste, so deutlich, dass wahrscheinlich selbst der größte Snape-Hasser ein Tränchen nicht verdrücken kann. Voldemort hetzt seine Schlange Nagini auf Severus Snape. Diese Gnadenlosigkeit gegenüber einem vermeintlich treuen Anhänger und die animalische Art und Weise, wie Snape von der Schlange zerfetzt wird, spiegeln die Gnadenlosigkeit wider, die er sein Leben lang ertragen musste.

Ein spätes Andenken und die damit verbundene Anerkennung erhält Snape post mortem von Harry, der einen seiner Söhne Albus Severus nennt. Auf die Frage des Kindes bei seiner Verabschiedung an Gleis 9 ¾, ob es passieren könnte, ein Slytherin zu werden, antwortet ihm Harry, dass es ganz egal sei, in welches Haus der Sprechende Hut ihn steckt. Denn er trage die Namen von zwei Schulleitern der Schule – und einer davon sei ein Slytherin gewesen und einer der mutigsten Männer, die Harry jemals kannte.

Platz 4: Fred Weasley

Die Zwillinge Fred und George Weasley sind von Anfang die Revoluzzer, die mit ihren Streichen und Späßen einiges an lustigem Stoff liefern und es oft schaffen, die teilweise sehr düstere Stimmung aufzulockern. Als Teil der Weasley-Familie und engste Freunde von Harry wachsen einem die beiden schnell ans Herz. Denn neben all dem Schabernack, den sie treiben, stehen sie für treue Freundschaft und riskieren dafür auch ihr Leben, wenn es darauf ankommt. Fred und George gehen mit Harry durch dick und dünn und zeigen sich bei der Schlacht von Hogwarts in *Harry Potter und die Heiligtümer des Todes* als wahre Kämpfernaturen.

Vor der Schlacht versöhnt sich ihr großer Bruder Percy mit seiner Familie, nachdem er einige Jahre zuvor den Kontakt abgebrochen hatte: Kurz nach dem Abschluss seiner Schullaufbahn in Hogwarts trat er seinen Dienst im Zaubereiministerium unter der Führung von Cornelius Fudge an und adaptierte sogar dessen Meinung bezüglich Albus Dumbledore und seinen Anhängern. Dieser hielt Dumbledore und sein Gefolge schlicht für verrückt und verantwortungslos. Erst kurz vor der großen Schlacht sieht Percy seinen Fehler ein und kehrt zu den Weasleys zurück, um Seite an Seite mit ihnen in den Zaubererkrieg zu ziehen. Darüber ist Fred so froh, dass er selbst in dem Moment seines Todes ein Lächeln auf den Lippen trägt, denn kurz zuvor hatte Percy noch einen Scherz gemacht.

Fred stirbt durch eine Explosion, die von einem Todesser ausgelöst wird. Und obwohl diese Todesszene sicher nicht die dramatischste ist, macht sie doch unglaublich betroffen und traurig. Denn Fred steht mit seinem Freigeist und seiner Treue gegenüber Familie und Freunden für all jene, die sich nicht unterkriegen lassen. Er ist eine Art Symbol für alle Kriegshelden – sowohl in den Harry-Potter-Geschichten als auch im echten Leben.
Sein Tod steht für die unzähligen unauffälligen Helden, die im Laufe des Kampfes gegen Voldemort und damit stellvertretend für das Böse ohne viel Aufhebens alles geben, was sie haben. Wenn es sein muss, sogar ihr Leben.

Fred Weasley wird in Hogwarts begraben, Seite an Seite mit den anderen Gefallenen der Schlacht von Hogwarts.

Platz 3: Dobby

Dobby, der liebenswerte kleine Hauself, der von Harry aus seiner grausamen Gefangenschaft bei den Malfoys gerettet wird, begleitet den Zauberschüler ab dem zweitem Schuljahr in Hogwarts. Er ist der erste Hauself, den Harry zu Gesicht bekommt, und stellt sich im Laufe der Zeit als einer seiner treuesten Gefährten heraus, der mehrmals versucht, Harry das Leben zu retten – wobei er bei seinen Versuchen, Harry vor Gefahren zu schützen, in der Regel mehr Chaos produziert, als wirklich zu helfen. Doch das macht den kleinen Kerl irgendwie noch sympathischer.

Im Film spielt der Hauself eine weniger wichtige Rolle als im Buch. Er wird nur im zweiten Teil, als Harry ihn kennenlernt, und im siebten, als er schließlich in dessen Armen stirbt, gezeigt. Doch letztlich macht der Tod des kleinen Wesens alle Fans gleichermaßen betroffen. Denn die letzten Szenen, in denen Dobby im Film auftritt, sind so spannend und rührend, dass man sich ihrer Wirkung nicht entziehen kann.

Zuerst rettet der Hauself Hermine, Ron und Harry gerade noch aus einem tödlichen Kampf im Haus der Malfoys, indem er mit ihnen zu Fleur und Bill, die in einem kleinem Häuschen namens »Shell Cottage« bei Tinworth (*Harry Potter und die Heiligtümer des Todes*) leben, disappariert. Doch im letzten Moment schafft es Bellatrix Lestrange, einen Dolch so zu werfen, dass er Dobby mitten in die Brust trifft. Als die vier auf sicherem Boden apparieren,

ist es schon zu spät für den Hauself. Obwohl Harry noch verzweifelt versucht, ihn zu retten, indem er Hermine um einen Heilsaft bittet, den sie immer bei sich hat, muss er am Ende doch mit ansehen, wie der kleine Elf in seinen Armen stirbt. Denn Hermine hat die Tasche mit dem heilenden Getränk leider im Kampf verloren.

Es ist mit Sicherheit einer der rührendsten Momente der gesamten Harry-Potter-Saga, als der Elf seine letzten Worte ausspricht: »Harry Potter.« Sie fassen alles zusammen, wofür der Elf gelebt und wofür er letztlich auch sein Leben gegeben hat. Er hat nie aufgehört, an Harry und damit an das Gute zu glauben. Mit diesem Glauben konnte er sich die für einen Hauselfen so untypische Freiheit erkämpfen und damit auch gleichzeitig einen sicheren Platz in den Herzen der Harry-Potter-Fans.

Der Verlust, der in Buch und Film gleichermaßen dramatisch dargestellt ist, ist umso schlimmer, weil es wieder einmal Bellatrix Lestrange ist, die Harry einen seiner treuesten Begleiter nimmt. Harry und seine Freunde erweisen Dobby die letzte Ehre, indem sie ein Grab ausheben, und das ohne jegliche Zauberei. Die Inschrift auf dem Grabstein lautet: »Hier liegt Dobby. Ein freier Elf«.

Platz 2: Albus Dumbledore

Sein Tod war wahrscheinlich selbst für Dumbledore-Hasser (von denen es allerdings nicht allzu viele gibt) ein großer Schock. Denn abgesehen davon, dass er von Anfang an eine wesentliche Rolle in der gesamten Geschichte spielt, stellt er für Harry eine Art Ersatzvater dar. Er begleitet Harry vom ersten Moment an und hat immer eine lenkende Hand auf das Geschehen und damit auch auf den gesamten Lebensweg seines Schützlings. Selbst Harry erfährt erst viele Jahre später, dass Dumbledore schon immer für ihn da war: Er sorgte dafür, dass Harry bei seiner Tante aufwachsen konnte. Natürlich denkt sich da der eine oder andere, diese Tortur hätte der Schulleiter dem armen Jungen auch ersparen können, da die Zeit bei Tante Petunia und Onkel Vernon nicht gerade die rosigste in Harrys Leben war. In Wahrheit hat Dumbledore einen guten Grund, Harry am 1. November 1981, direkt nach dem Tod seiner Eltern, vor der Tür der Dursleys abzulegen: Tante Petunia ist Harrys einzige lebende Blutsverwandte und nur in ihrer Gegenwart bleibt der Schutz durch den Tod seiner Mutter weiter bestehen. Deshalb muss Harry auch mindestens einmal im Jahr, also in den Sommerferien, zurück zu seiner verhassten Pflegefamilie im Ligusterweg 4.

Darüber hinaus ist Albus Dumbledore Harrys Lehrmeister und Freund, seine Rolle als Schulleiter von Hogwarts ist in dieser Hinsicht eigentlich egal. Fast jeder Harry-Potter-Freund sieht die schützende und leitende Hand Dumbledores als unumstößlich an. Vielleicht ist es deshalb auch so unfassbar, dass einer der größten Zauberer tatsächlich aus Harrys Leben gerissen wird.

Albus Dumbledore wird an diesem Tag im Kampf gegen die Todesser auf dem Astronomieturm von Severus Snape getötet. Dabei plant er seinen eigenen Tod von langer Hand, weil er ohnehin schon weiß, dass er aufgrund einer Verletzung, die er sich bei der Zerstörung eines Horkruxes zugezogen hat, sterben wird. Da er jedoch im Besitz des mächtigsten Zauberstabs der Welt, dem Elderstab ist, überredet er seinen treuen Gehilfen Severus Snape, ihn falls nötig zu töten, damit die Macht des Elderstabs nicht in Voldemorts Hände fällt. Dumbledore zweifelt all die Jahre - im Gegensatz zu allen anderen - nie an Snapes Loyalität und er weiß, dass der Zauberstab in dem Fall gut getarnt in die richtigen Hände fallen würde.

Doch von all diesen Vorbereitungen wissen weder die Leser noch die Zuschauer. Daher ist es ein Schock, als der unantastbare, beinahe unsterbliche, große Zauberer Albus Dumbledore, getroffen durch den tödlichen Fluch von Severus Snape, vom Astronomieturm in die Tiefe stürzt. Diese schier endlosen Sekunden werden auch im Film durch dramatische Szenen unglaublich beeindruckend festgehalten. Ein letzter Blick des sogar im Tode allwissenden Zauberers zu seinem Ziehsohn Harry sagt alles.

Die Mienen der im Hof versammelten Schüler von Hogwarts spiegeln genau dieselbe Fassungslosigkeit wider, die sicherlich in dem Moment auch in den Kinosälen der Welt zu sehen und zu spüren war. Die Harry-Potter-Fans verneigten sich stumm vor einer der wichtigsten Figuren der ganzen Geschichte. Auch die Hogwarts-Schüler zeigen ihren Respekt, als jeder Einzelne seinen Zauberstab mit einer leuchtenden Spitze gen Himmel hebt.

Platz 1: Sirius Black

Sirius Black, der beste Freund von James Potter und Harrys Patenonkel, stirbt in *Harry Potter und der Orden des Phönix* einen traurigen Tod. Für die meisten Fans war dieser Tod nur schwer zu ertragen, denn mit ihm starb ein Mitglied aus der Gruppe derjenigen Menschen, die für Harry eine Art Ersatzfamilie darstellten.

Von Anfang an leiden die Leser und Zuschauer mit Harry, der als Waisenkind bei seinen Blutsverwandten aufwachsen muss, die doch so wenig für ihn übrig haben. Umso größer ist die Freude über die Beziehung, die sich im Laufe der Geschichte mit seinem Patenonkel entwickelt. So gefährlich der Häftling von Askaban anfangs auch wirkt, so echt und tief ist später seine Zuneigung zu seinem Patenkind.

Sirius Black übernimmt in Harrys Leben genau die Vaterrolle, nach der sich der heranwachsende Held der Geschichte sein Leben lang sehnte. Es ist wie ein Hoffnungsschimmer am Horizont. Mit Sirius Black tritt eine Art Erleichterung ein, die auch ein Gefühl von Gerechtigkeit aufkeimen lässt. Endlich hätte auch Harry einen Menschen in seinem Leben, den er wahrhaftig als »Familie« bezeichnen könnte.

Umso unglaublicher ist, dass Sirius Black als Mitglied des Phönixordens im Kampf gegen die Todesser sein Leben lassen muss. Besonders dramatisch ist, dass er von seiner eigenen Cousine Bellatrix Lestrange mit dem Todesfluch hingerichtet wird - direkt vor Harrys Augen. Es geschieht so plötzlich und unerwartet, dass es sowohl der Beobachter als auch Harry selbst in der ersten Sekunde nicht fassen können.

Dieser Moment der Ungläubigkeit wird im Film ebenso eindrucksvoll dargestellt: Es dauert einige Sekunden, bis Harry das Geschehene realisiert. Danach folgt ein einziger Schrei, der seinen ganzen Schmerz, seinen Zorn und seine Fassungslosigkeit ausdrückt. Viele Fans waren zuerst erstaunt über diese kurze Szene, die den Tod einer so wichtigen Person darstellen sollte. Doch wenn man sie sich genau ansieht, gehört sie definitiv zu einer der dramatischsten Todesszenen der Harry-Potter-Saga.

Sirius Black entwickelt sich im Laufe der Geschichte nicht nur zu einer der wichtigsten Bezugspersonen für Harry - er ist auch ein Synonym für Loyalität. Die tiefe Freundschaft zu Harrys Vater James gilt für Sirius auch über dessen Tod hinaus. Er übernimmt die Verantwortung für sein Patenkind, und das mit solcher Überzeugung, dass er seinen eigenen Tod in Kauf nimmt, um Harry zu beschützen. Seine Figur ist dadurch im Grunde die Dramatik in Person und sie wird durch den schnellen und erst so undramatisch dargestellten Tod nur noch eindrucksvoller.

Kapitel 8

DIE UNVERGESS-
LICHSTEN MOMENTE

Im Grunde genommen könnte man hier wahrscheinlich eine beinahe unendlich lange Aufzählung unvergesslicher Momente aufführen. Denn dass die Harry-Potter-Saga überaus ereignisreich ist, ist unbestritten. Aus diesem Grund sollen hier die zehn absolut unvergesslichsten Momente festgehalten werden, die sich hauptsächlich auf Filmszenen beziehen, da sie sich durch ihre einzigartige Darstellung so tief ins Gedächtnis eingeprägt haben. Dazu zählen aber auch Szenen, die sich nicht unbedingt durch actionreiche Kampfszenen oder Ähnliches auszeichnen, sondern eher leise, aber sehr eindrücklich sind. Momente, die sich erst viel später, manchmal sogar erst rückblickend als zentral und verheißungsvoll herausstellen.

Platz 10: Verteilung der Schüler auf die vier Hogwarts-Häuser

Der Moment, in dem einem neuen Hogwarts-Schüler der Sprechende Hut aufgesetzt wird, ist nicht nur für den Betreffenden eine aufregende Sache. In diesem Augenblick entscheidet sich, welchen Weg der Neuankömmling in Zukunft beschreiten wird. So auch bei Harry Potter – und aus diesem Grund ist die Auswahlzeremonie eine unvergessliche Szene. Denn schon zu dieser Zeit spürt Harry, dass irgendetwas in ihm nicht wirklich zu ihm gehört. Sein größter Wunsch ist es, nach Gryffindor geschickt zu werden. Nicht nur weil all seine neuen Freunde dort untergebracht sind, sondern weil auch seine Eltern diesem Haus angehörten. Harrys Unsicherheit findet ihren Höhepunkt, als der Sprechende Hut unschlüssig scheint. Er ist sich nicht sicher, ob Harry vielleicht doch eher nach Slytherin gehört. Dieser Moment ist für jeden eingefleischten Harry-Potter-Fan wichtig, weil es der erste Schritt von Harry im Kampf gegen das Böse sein soll – und das auch noch völlig unbewusst. Er beschwört den Sprechenden Hut, ihn bloß nicht nach Slytherin, sondern nach Gryffindor zu schicken. Das heißt, er entscheidet sich in diesem Moment für den echten und guten Teil in sich selbst.

Vor dem Hintergrund, dass der Sprechende Hut den wahren Charakter jedes Schülers erkennen kann, ist es erschreckend zu sehen, dass er in diesem Moment offenbar sowohl den Anteil von Harrys Eltern als auch den von Voldemort unfreiwillig übertragenen Teil spüren kann.

9

Platz 9: Harry fängt den goldenen Schnatz

Abgesehen davon, dass Harry bereits in seinem ersten Schuljahr zum jüngsten Sucher ernannt wird, der je in einer Quidditch-Mannschaft in Hogwarts mitgespielt hat, ist diese Szene eine Mischung aus allem, was sie dafür prädestiniert, hier aufgeführt zu werden.

In *Harry Potter und der Stein der Weisen* jagt Harry zum ersten Mal als Sucher dem Schnatz hinterher, da wird sein Besen schon von Professor Quirrell mit einem Bann belegt. Trotzdem hält sich der unerfahrene Flieger Harry tapfer auf seinem Besen und stellt damit sein Talent unter Beweis. Die halsbrecherischen Manöver gipfeln in einer Verfolgungsjagd um den Schnatz. Unvergessen ist dabei der Moment, als Harry senkrecht zu Boden schießt, um als Erster in die Nähe des kleinen goldenen Balls zu kommen. Dann sein Bremsmanöver, eine Sekunde bevor er auf dem Boden zerschellt – gefolgt von dem Kunststück, freihändig und im Stehen dem Schnatz immer näher zu kommen, bis er ihn schließlich im Fallen mit dem Mund auffängt.

Doch es sind nicht nur diese aufregenden Minuten, während man um Harry bangt und sich gleichzeitig fragt, ob er es noch schaffen kann, den Schnatz zu erreichen.

Auch dieser unvergessliche Moment birgt einen weiteren immens wichtigen Effekt, der erst viel später zum Tragen kommt. Denn Albus Dumbledore macht sich die magische Beschaffenheit des Schnatzes in *Harry Potter und die Heiligtümer des Todes* zunutze: Ein Schnatz öffnet sich nur dann, wenn ihn die Haut desjenigen berührt, der ihn als Erstes gefangen hat. In diesem Fall ist es Harrys Mund. Dumbledore versteckt daher den Stein der Auferstehung in jenem Schnatz, den Harry in seinem ersten Quidditch-Turnier gefangen hat. Zwar braucht Harry eine ganze Zeit, um zu erkennen, dass sich etwas sehr Wertvolles in dem Schnatz befindet, aber da er nun einmal der Einzige ist, der ihn mit seinem Mund öffnen kann, ist es ein extrem sicheres Versteck!

8

Platz 8: Flug im verhexten Ford

In *Harry Potter und die Kammer des Schreckens* bekommen Harry und Ron einen kleinen Vorgeschmack darauf, was Magie mit Muggelartefakten anstellt. Nachdem die beiden den Hogwarts-Express verpassen, entschließen sie sich, den von Arthur Weasley verhexten alten Ford Anglia als Transportmittel zu nutzen, um noch rechtzeitig in der Schule anzukommen. Eine folgenschwere Entscheidung, denn was darauf folgt, steht einer Verfolgungsjagd in einem Actionthriller in nichts nach. Das Fahrzeug hat aufgrund der zahlreichen Verhexungen einige Tücken, wie etwa einen versagenden Unsichtbarkeitszauber, der zusätzlich dazu führt, dass das Auto mitten in der Luft stehen bleibt. Anschließend beginnt für die beiden ein rasanter und völlig unkontrollierter Flug, den Harry bei einem Beinahe-Zusammenstoß mit dem Hogwarts-Express fast mit dem Leben bezahlt. Aber es sind nicht nur die »technischen« Probleme, die eine Reise mit dem Gefährt so gefährlich machen: Zusätzlich besitzt der Ford nämlich ein Eigenleben, das dazu führt, dass er seine beiden Fahrgäste nach der schmerzhaften Ankunft in der peitschenden Weide unsanft nach draußen befördert und anschließend beleidigt in den Verbotenen Wald fährt. In dem Moment für die beiden unerfreulich, doch später sind Ron und Harry heilfroh, als der alte Ford den beiden Freunden in letzter Sekunde zur Hilfe eilt, gerade noch rechtzeitig bevor sie von Aragogs Nachkommen verspeist werden.

Platz 7: Neville Longbottom stellt sich Voldemort

Vor dem Hintergrund, dass Nevilles Eltern zu den Opfern der ersten Schreckensherrschaft des Dunklen Lords zählen, und angesichts seines anfangs geringen Selbstbewusstseins ist dieser Moment einer der unvergesslichsten in der gesamten Geschichte.

In diesem Fall geht es um eine ebenso unglaubliche wie unauffällig verlaufende Verwandlung, die sich durch sämtliche Teile der Saga zieht, bis sie schließlich in diesem Moment in *Harry Potter und die Heiligtümer des Todes* ihren Höhepunkt findet. Gemeint ist Neville Longbottom, der sich bei der Schlacht von Hogwarts dem Dunklen Lord persönlich gegenüberstellt. Ausgerechnet Neville, der anfangs so schüchterne und schusselige Schüler!

In dieser Szene ist er derjenige, der Lord Voldemort all das entgegenschleudert, was alle denken. Er beschwört vor der versammelten Schülerschaft den Geist Hogwarts und den Sinn der Gründung des Phönixordens noch einmal herauf. Seine Worte erinnern alle daran, dass der Kampf gegen Voldemort und die vielen Opfer, die er fordert, nicht umsonst sind. Und dass der Kampf erst verloren ist, wenn es niemanden mehr unter den Lebenden gibt, der für das Gute eintreten möchte. Letztlich macht er mit seiner Ansprache all jenen Mut, die immer an sich zweifeln, indem er ihnen zeigt, dass jeder etwas finden kann, wofür es sich zu kämpfen lohnt.

Platz 6: Dobbys Befreiung

Der kleine Hauself, der wohl jedem ans Herz gewachsen ist, spielt – zumindest in den Büchern – immer wieder eine wichtige Rolle. Ausschlaggebend für seine späteren Auftritte, die überwiegend aufgrund von Rettungsaktionen für Harry mal mit mehr, meist aber mit weniger Erfolg stattfinden, ist es dieser eine Moment, der den Elfen zu einem freien Wesen macht.

Harry bringt Lucius Malfoy, der zu diesem Zeitpunkt noch Dobbys Gebieter ist, in *Harry Potter und die Kammer des Schreckens* durch einen Trick dazu, seinen Hauselfen freizulassen. Dieser Moment ist nicht nur deshalb so anrührend, weil man großes Mitleid für den wehrlosen kleinen Elfen empfindet, der sein Leben lang von den Malfoys misshandelt wurde. Es ist Dobbys Gesichtsausdruck, in dem sich seine Fassungslosigkeit über dieses Geschenk so perfekt widerspiegelt, in Kombination damit, dass durch diese Aktion der erste Elf seit Generationen des Sklavendaseins die Freiheit erhält. Ein denkwürdiger und großer Tag für alle in Gefangenschaft lebenden Elfen.

Dobby ist aber nicht nur der süße und treu ergebene Freund von Harry Potter – er steht auch für den Mut eines Einzelnen, eine in der Zaubererwelt bis dato undenkbare Revolution einzuleiten. Der kleine tapfere Kerl steht für alle, die im Laufe der Geschichte unterdrückt wurden, und für den Mut, die Hoffnung nie aufzugeben.

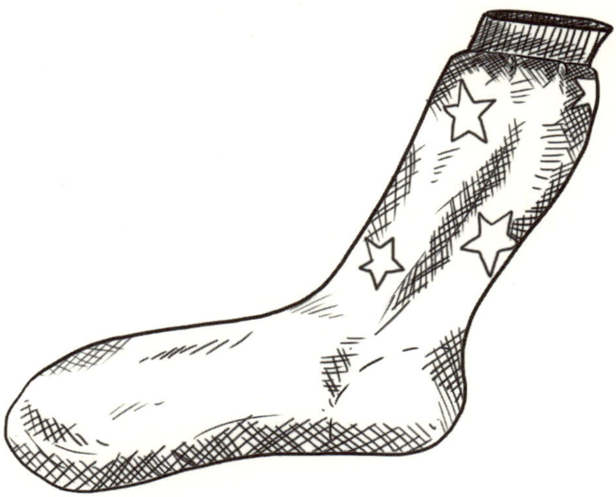

Der kleine Elf ist mutig genug, mit allem, was ihm zur Verfügung steht, für diese Freiheit und für denjenigen, der sie ihm geschenkt hat, einzutreten. Und genau das ist ein weiterer Grund dafür, warum es die Szene seiner Freilassung in die Top Ten geschafft hat: Denn als Lucius Malfoy seinen Fehler bemerkt und daraufhin auf Harry losgehen will, ist es Dobby, der seinen ehemaligen Herren zuerst warnt, um ihn dann mit einem Fingerschnippen durch den Raum zu katapultieren. In diesem Moment wird vor allem die unfassbare Friedfertigkeit der Elfen deutlich. Denn eigentlich wäre es für jeden von ihnen ein Leichtes, sich eigenhändig aus der Sklaverei zu befreien.

5

Platz 5: Harrys Patronus

In *Harry Potter und der Gefangene von Askaban* bringt Harry das erste Mal seinen Patronus hervor. Der Moment ist nicht nur deshalb so unvergesslich, weil Harry – bevor es ihm endlich gelingt – schon mehrfach mit den Dementoren und ihren verheerenden Auswirkungen zu kämpfen hatte. Unvergesslich ist er auch, weil er es schafft, um seinen Patenonkel Sirius vor dem Kuss der Dementoren zu retten. Harry gelingt etwas zum Wohle eines anderen, was ihm für sich selbst bislang noch nicht gelungen ist. Das zeigt auf beeindruckende Weise, dass Harry wirklich von reiner Liebe geleitet ist. Dass diese Kraft stärker als sein Überlebenswille ist, soll auch später immer wieder deutlich werden.

Als Harry an dem kleinen See im Verbotenen Wald steht, hofft er anfangs noch darauf, dass ihm sein Vater in Form des Patronus zu Hilfe eilt – aber nichts geschieht. Dann realisiert er, dass er der Einzige ist, der in dieser Sekunde helfen kann. Das Zögern, die Unsicherheit, all das wird in dem Moment, als er das erste Mal in seinem Leben einen Patronus hervorbringt, unwichtig. Denn es ist nicht nur die Freude darüber, dass es nun endlich geklappt hat, und die damit verbundene Erleichterung, dass sie alle gerettet sind. Das Erstaunliche ist die Gestalt des Patronus, denn der Hirsch, der sich aus Harrys Zauberstab aufbaut und mit unglaublicher Kraft mehr als ein Dutzend Dementoren in die Flucht schlägt, ist der gleiche wie der von seinem Vater James Potter.

Platz 4: Harry benutzt den Stein der Auferstehung

Als Harry den Stein der Auferstehung im zweiten Teil des Filmes von *Harry Potter und die Heiligtümer des Todes* benutzt, ist er mental am Ende seiner Reise angekommen. Er weiß nun etwas, das bis auf Albus Dumbledore bis zum Schluss fast niemandem bewusst war: Er kann den Dunklen Lord nur besiegen, wenn er sein eigenes Leben dafür gibt. Da Harry selbst der letzte von Voldemorts Horkruxen ist, kann der Dunkle Lord nur endgültig getötet werden, wenn auch der letzte seiner Horkurxe zerstört ist.

Harry nimmt also in jungen Jahren seinen eigenen Tod in Kauf, um alle anderen zu retten. Dass diese bedingungslose Opferbereitschaft am Ende dazu führen wird, dass bei Harrys »Tod« doch nur der letzte Teil von Voldemorts Seele stirbt, ahnt in diesem Augenblick noch niemand. Im Gegenteil – Harrys Entschluss, sich selbst zu opfern, wirkt wie ein Vakuum. Die Zeit scheint stillzustehen, als er alleine in den Verbotenen Wald geht, um sich dem Ende seines Lebens zu stellen. Spätestens in diesen Sekunden wird aus dem Teenager ein Erwachsener. Im Wald angekommen, nutzt Harry den Stein der Auferstehung, um ein letztes Mal Kontakt zu all jenen aufzunehmen, von denen er hofft, ihnen im Jenseits zu begegnen. Bei dieser Rückblende wird dem Zuschauer gleichzeitig bewusst, wie viel in den letzten

Jahren in Harrys Leben passiert ist und wen er alles verloren hat. Es ist eine Reise in die Vergangenheit, durch die alle Entbehrungen offenbart werden, die Harry im Laufe seines Lebens ertragen musste.

Seine beinahe naiven Fragen an seine bereits verstorbenen Liebsten, ob sie im Moment seines Todes bei ihm sein werden oder ob der Tod schmerzhaft sein wird, rühren zu Tränen. In dieser Szene wird noch einmal der ganze Zauber um Harry deutlich. Es ist der Zusammenhalt durch die pure Liebe, die ihn mit den wichtigsten Menschen in seinem Leben verbindet. Und diese Verbindung besteht über den Tod hinaus.

Platz 3: Harry und Dumbledore in der Höhle

Harry und Dumbledore werden in Harry Potter und der Halbblutprinz auf eine harte Probe gestellt. Sie machen sich auf die Suche nach einem von Voldemorts Horkruxen, der in einer Höhle versteckt liegt. Allein der Zugang zu dem Horkrux ist mit derart schwierigen Zaubern so beschwerlich, dass dem Schulleiter von Anfang an klar ist, dass er ihn nur mithilfe eines treuen Freundes an sich bringen kann. Um an den Horkrux heranzukommen, müssen sich beide bedingungslos vertrauen. Schon der Eingang zur Höhle ist mit einem Fluch versehen, den man nur durch eine Gabe des eigenen Blutes öffnen kann. In der Höhle ist es Dumbledores feinem Gespür für Magie zu verdanken, dass die beiden ein in einem See verstecktes Boot entdecken, mit dem sie das schwarze Gewässer überqueren können. Im See lauert eine todbringende Gefahr: unzählige Inferi (Inferius: eine Art lebender Toter, der nur dem Willen desjenigen gehorcht, der ihn zu dem gemacht hat, was er ist)!

Auf diese Weise meistern sie die erste Hürde und gelangen unbeschadet auf eine kleine Insel mitten im See, wo sich in einer mit Flüssigkeit gefüllten Schale der gesuchte Horkrux befindet. Dumbledore ist klar, dass diese Flüssigkeit nicht weggeschüttet werden kann, sondern getrunken werden muss – und auch, dass sie wahrscheinlich tödlich ist. Bevor Dumbledore den verzauberten Trank trinkt, muss Harry ihm versprechen, ihn bis zum Schluss dazu zu zwingen, bis der letzte Tropfen getrunken ist. Das Leiden, dem Dumbledore durch den Trank ausgesetzt ist, bringt beide an den Rand ihrer Willenskraft.

Doch letzten Endes schafft Dumbledore es, so lange weiterzutrinken, bis er den Horkrux aus der Schale nehmen kann. Für Harry ist die Belastung, seinem väterlichen Freund bei seinen Todesqualen zusehen zu müssen, beinahe unerträglich. Sie kämpfen Seite an Seite – nicht nur gegen die Inferi (gegen die Harry größte Probleme hat zu bestehen) und die Wirkung des tödlichen Tranks – sondern auch gegen ihren Widerwillen, den anderen leiden zu sehen. Dieser Moment ist eine wahre Zerreißprobe für beide. Dennoch gelingt es ihnen, sich gemeinsam der Gefahr zu stellen und sie zu bewältigen. Die Szene in der Höhle ist wieder einmal eine mehr als anschauliche Demonstration von Dumbledores Macht und Können, die man so schnell nicht vergessen wird. Zum Schluss bringt Dumbledore mit letzter Kraft sogar in seinem geschwächten Zustand noch ein Dämonsfeuer hervor, das ihnen die Flucht ermöglicht.

In diesem Teil der Harry-Potter-Saga wird klar, dass der Kampf gegen Voldemort und seine Anhänger nur gewonnen werden kann, wenn der Zusammenhalt bedingungslos ist. Der Moment in der Höhle ist wie eine Art Prüfung, bei der sich sowohl Harry als auch Dumbledore den gegenseitigen Halt bestätigen, der später notwendig sein wird, um allen bevorstehenden Herausforderungen zu trotzen. In diesem Moment beginnt ein neues Zeitalter der direkten Konfrontation mit dem Bösen und es wird immer deutlicher, dass die Zukunft noch einige schwere Entscheidungen mit sich bringen wird.

Platz 2: Schlacht in der Mysteriumsabteilung

Was in diesem Moment in der Mysteriumsabteilung passiert, gehört zu einem der Höhepunkte der gesamten Harry-Potter-Saga. Es geschieht so unglaublich viel, dass man eine gewisse Zeit braucht, um all das zu verarbeiten:

1. Es handelt sich um die erste richtige Schlacht, die seit dem Ausbruch des Zweiten Zaubererkrieges stattfindet.

2. Die Todesser gehen das erste Mal auf direkte Konfrontation – der Moment, in dem man das erste Mal auf Bellatrix Lestrange stößt.

3. Bei dieser Schlacht wird Sirius Black durch Bellatrix Lestrange ermordet, nachdem Harry und sein Patenonkel Seite an Seite gegen die Todesser gekämpft haben.

4. Gekrönt werden all diese an sich schon unvergesslichen Momente durch den Kampf zwischen Dumbledore und Voldemort. Diese Auseinandersetzung zwischen den beiden mächtigsten Zauberern ist absolut unvergesslich (siehe auch Kapitel 6).

Den meisten reicht wahrscheinlich der Mord an Sirius, um diese Szene als unvergesslich einzustufen. Doch der Kampf zwischen dem wahrscheinlich mächtigsten Zauberer Albus Dumbledore und Lord Voldemort, dem personifizierten Bösen, setzt dem Ganzen noch die Krone auf. In diesem Showdown wird auf die eindrucksvollste Weise demonstriert, was passiert, wenn sich die beiden derzeit mächtigsten Zauberer der Welt im Kampf gegenübertreten. Die Filmeffekte sind atemberaubend!

Die Schlacht in der Mysteriumsabteilung ist zudem ein wichtiger Wendepunkt. Was zuvor ein spannendes Kinderbuch war, ist von diesem Zeitpunkt an ein offenes und zum Teil niederschmetterndes Drama, das selbst für die erwachsenen Fans starker Tobak ist. Sie ist sozusagen der Startschuss, und nach einer Zeit des Kennenlernens und Eintauchen in die Welt der Hexen und Zauberer wird niemand mehr verschont. Auch nicht der Leser beziehungsweise Zuschauer.

Platz 1: Schlacht um Hogwarts

Die finale Schlacht um Hogwarts, um Harrys Zuhause, stellt zweifellos den Höhepunkt der gesamten Saga dar. Denn Hogwarts ist der zentrale Punkt des Wirkens all jener, die für das Gute kämpfen – allen voran Dumbledore und Harry. Alles, was sich in den Jahren zuvor an Rivalität zwischen Gut und Böse aufgebaut hat, gipfelt in dieser Schlacht. Wer hier siegt, hat den gesamten Kampf gewonnen. Deshalb ist es auch so aufregend und schmerzhaft zugleich zu sehen, wie Hogwarts bombardiert und teilweise zerstört wird. Schließlich war das Schulgebäude bislang immer eine unzerstörbare und schutzbringende Zuflucht.

Im Kampf selbst geht es ausschließlich um Leben und Tod. Jeder zeigt in diesem Moment, auf wessen Seite er steht und dass er bereit dazu ist, für diese Seite sein Leben zu geben. Abgesehen von den »üblichen Verdächtigen« auf jeder Seite, wie die Todesser für Lord Voldemort und der Orden des Phönix inklusive der gesamten Schülerschaft für Harry, beteiligen sich noch andere an der Schlacht. Dabei handelt es sich hauptsächlich um Wesen, die sich dazu entschließen, auf Harrys Seite zu kämpfen, obwohl sie sich seit jeher aus kriegerischen Handlungen herausgehalten haben, wie beispielsweise der Zentaur Firenze (und am Ende auch alle anderen Zentauren), sämtliche Hauselfen von Hogwarts unter der Leitung von Kreacher, der Riese Grawp, Peeves, die Thestrale sowie der Hippogreif Seidenschnabel. Allein diese Mobilisierung macht deutlich, wie episch diese Schlacht ist.

Teil 2

In diesem Teil erfährst du spannende Zusatzinformationen rund um die Harry-Potter-Saga. Du erfährst die Highlights der verrücktesten Fantheorien über Charaktere, versteckte Hinweise oder die Geschichte allgemein, alle News und Gerüchte, die rund um die Welt entstanden sind, welche Charaktere in den Filmen umbesetzt wurden und - vor allem - welche Charaktere im Film doch anders sind, als in den Büchern beschrieben, und warum. Hier ist all das Wissenswerte versammelt, was einen normalen Harry-Potter-Fan zum echten Potterhead macht.

Kapitel 9

DIE VERRÜCKTESTEN FANTHEORIEN

Vor allem im Internet tummeln sich immer wieder neue Theorien zu den Geschehnissen der Harry-Potter-Saga. Oftmals handelt es sich dabei um wirre Annahmen oder frei erfundene Ideen, die selbst einem echten Fan an den Haaren herbeigezogen vorkommen. Doch ganz egal, wie verrückt die eine oder andere Theorie anmuten mag, oft stecken tatsächlich glaubwürdige Fakten dahinter.

Albus Dumbledore ist der Tod selbst

Eine Theorie, die im Grunde so verrückt klingt, dass man zunächst den Kopf schüttelt, lautet: Albus Dumbledore ist der Tod höchstpersönlich! Wenn man sich aber die Fakten ansieht, auf denen diese Idee gründet, erscheint es sinnvoll, zumindest kurz darüber nachzudenken. Selbst J. K. Rowling soll gesagt haben, dass diese Theorie zu denen gehört, die sie am spannendsten findet.

Für das Verständnis dieser Fantheorie ist die Sage um die Heiligtümer des Todes entscheidend: Die drei Peverell-Brüder Antioch, Cadmus und Ignotus schlagen dem Tod ein Schnippchen, der wiederum aber nicht auf seine Opfer verzichten möchte. Er bietet jedem der Brüder ein Geschenk an, als Grund nennt er ihre großartigen Zauberkünste. Antioch, der nach Macht strebt, erhält den Elderstab. Cadmus, der den Tod seiner verstorbenen Frau nicht akzeptieren kann und sie deshalb zurückholen will, bekommt den Stein der Auferstehung. Ignotus, der jüngste und weiseste von den dreien, verlangt nach dem Umhang des Todes, der unsichtbar macht. Bald darauf kommen die beiden älteren Brüder auf tragische Weise ums Leben. Dem ältesten wird die Kehle durchgeschnitten, als er in einer Kneipe mit seinem mächtigen Elderstab angibt. Der zweite nimmt sich selbst das Leben, als er seine verstorbene Frau von den Toten zurückholt und feststellen muss, dass sie nicht mehr dieselbe ist. Nur der dritte lebt ein langes und zufriedenes Leben, da er sich mit seinem Tarnumhang vor dem Tod verstecken kann. Als er so weit ist, nimmt er den Tarnumhang ab und geht mit dem Tod wie mit einem alten Freund.

Die List des Todes geht bei zwei der drei Brüder auf: Der eine richtet sich durch sein Machtstreben, der andere bei dem Versuch, die Toten auferstehen zu lassen, zugrunde. Nur Ignotus gelingt mit dem Tarnumhang letztlich die Flucht vor dem Tod. Mithilfe dieses magischen Artefakts wird er selbst für den Tod unsichtbar und somit kann dieser ihn auch nicht zu sich holen. Und was hat Albus Dumbledore nun mit der Legende um die drei Peverell-Brüder zu tun? Und wie kommt irgendjemand darauf, ihn aufgrund dieser Geschichte mit dem Tod selbst gleichzusetzen? Wenn man die Geschichte der Peverells in die Gegenwart von Hogwarts überträgt, fällt auf, dass es drei Charaktere gibt, die den Brüdern sehr ähnlich sind:

1. Lord Voldemort, der mehr als offensichtlich nach der absoluten Macht strebt.

2. Severus Snape, der sich nichts sehnlicher wünscht, als dass der einzige Mensch, den er je geliebt hat – Lily Potter –, wieder aus dem Reich der Toten zurückkehrt.

3. Harry Potter, der den Tarnumhang erbt und sich wahrscheinlich sehr oft in seinem Leben am liebsten einfach unter ihm verstecken würde. Er ist auch derjenige, der, wie einst der Peverell-Bruder, sterben soll, dem Tod aber letztlich von der Schippe springt.

4. Es gibt also einige Parallelen, und hier kommt Dumbledore ins Spiel, denn durch seine Hände sind schließlich alle drei Heiligtümer des Todes gegangen: Er selbst besitzt den Elderstab, er findet den Stein der Auferstehung und er verwahrt den Tarnumhang. Später gibt er den Stein der Auferstehung und den Tarnumhang an Harry weiter. Es ist also beinahe so, als würde »der Tod« seine Heiligtümer aufs Neue verteilen.

Wenn man dann noch an die skurrile Szene denkt, als Harry - zumindest für kurze Zeit - im letzten Teil der Saga selbst dem Tod sehr nahe kommt und dabei auf Albus Dumbledore trifft, ist die Theorie für so manche Fans perfekt: Der verstorbene Schulleiter erwartet Harry in einer unwirklichen Kopie des Bahnhofs von King's Cross, sozusagen im Reich zwischen Leben und Tod. Er stellt Harry in diesem Moment vor die Wahl, ob er noch einmal zu den Lebenden zurückkehren oder ins Jenseits gehen möchte.

Sollte diese Fantheorie wahr sein, müsste man wohl Harrys gesamte Lebensgeschichte als eine kleine, amüsante Abwechslung für den Tod in Gestalt von Albus Dumbledore sehen. Ganz glaubwürdig ist sie allerdings nicht und auch die Übertragung der drei Brüder auf die anderen Charaktere hinkt. Aber amüsant ist sie allemal und zeigt, wie viel Fantasie in den Fans steckt.

Aragogs geheimnisvolle Herkunft

Dass Hagrid eine Vorliebe für magische Tierwesen hat, ist keine große Neuigkeit. Deshalb ist es auch nicht verwunderlich, dass der Halbriese es immer wieder schafft, die merkwürdigsten Kreaturen zu ergattern, um ihnen eine Herberge zu geben. Doch es gibt in diesem Zusammenhang ein Rätsel, das nie richtig aufgelöst wird: Woher beziehungsweise von wem bekam der junge Hagrid die Acromantula Aragog? Das Einzige, was man davon weiß, ist, dass zu Hagrids Schulzeiten ein Reisender dem jungen Schüler das Ei schenkt. Laut dem Unbekannten stammt es direkt aus Borneo. Da auch damals schon der Handel mit Acromantula-Eiern strengstens verboten ist, will der junge Hagrid auch nicht genauer wissen, woher das Ei genau stammt. Auch die Identität des Fremden bleibt besser im Verborgenen.

Doch genau auf diesem Unbekannten basiert die Theorie, dass Aragog tatsächlich aus Borneo stammt und dass der Reisende niemand anderer als Newt Scamander ist! Denn er begibt sich auf Reisen rund um die Welt und er ist auch derjenige, der die Liebe zu den merkwürdigsten Wesen teilt. Deshalb sammelt er alles, was er an magischen Kreaturen entdecken kann, in der Hoffnung, ihnen ein artgerechtes Leben zu ermöglichen. Genau dieser Wunsch könnte Scamander dazu bewegt haben,

Hagrid das Ei anzuvertrauen, da er es selbst kaum mit auf seine Reisen nehmen kann. Bei Hagrid konnte sich Scamander sicher sein, dass die Acromantula den größtmöglichen Schutz bekommen würde. Abgesehen davon, dass der Verbotene Wald im Grunde der einzige Ort ist, an dem sogar eine Riesenspinne untertauchen und somit in Ruhe leben könnte. Die Idee fußt auf den Informationen, die man in Phantastische Tierwesen und wo sie zu finden sind bekommt – eine Pflichtlektüre für jeden Potterhead.

Es ist also von Anfang an Scamanders Plan, die Acromantula in die Obhut Hagrids zu bringen. Erst später, als die Autorin durch Phantastische Tierwesen und wo sie zu finden sind einen tieferen Blick in die Vergangenheit gewährt, scheint die Theorie gar nicht so abwegig.

Draco Malfoys Bestrafung

Wie schon gesagt, gibt es auch einige ziemlich verrückte Theorien, die rund um die Harry-Potter-Saga kursieren. Dazu zählt auch diese.

Laut dieser Theorie befiehlt der Dunkle Lord dem Werwolf Fenrir Greyback, Draco Malfoy zu beißen, weil Lucius Malfoy abtrünnig geworden ist. Diese Untreue kann natürlich nicht ungesühnt bleiben – und da Voldemort immer eine Strafe wählt, die den Betroffenen besonders schmerzt, muss es in diesem Fall Draco sein, dem Leid zugefügt wird. Denn im Laufe der Geschichte wird klar, dass sogar das boshafte Ehepaar Malfoy einen Schatz hat, für den es alles tun würde: seinen Sohn.

Untermauert wird diese These durch Dracos schlechten Gesundheitszustand in den letzten beiden Teilen. Hier wird er immer wieder als kränklich und schwach beschrieben – eine typische Reaktion auf den Biss eines Werwolfs. Demzufolge wäre das auch der Grund, warum sich die Malfoys zum Ende hin immer mehr von Voldemort und den Todessern abwenden. Eines steht fest: Je verrückter die Theorien werden, umso weniger sollte man hinter die Kulissen blicken, da die Beweislage dann doch immer dünner werden kann.

Godric Gryffindor – der freundliche Krake von Hogwarts

J. K. Rowling hat höchstpersönlich dafür gesorgt, dass diese Theorie in Umlauf kam: Bevor *Harry Potter und die Heiligtümer des Todes* erschien, erwähnte die Autorin ganz nebenbei, dass der Riesenkrake, der in dem See vor der Schule haust, der Animagus von Godric Gryffindor sei. Der Mitbegründer von Hogwarts lebt also in dieser Form in dem See weiter und verteidigt im Notfall das Schloss und die Schüler mit seiner monströsen Kraft. Kein Wunder, dass nach dieser Aussage das Gerücht entstand, der Krake werde spätestens in der finalen Schlacht von Hogwarts seine ganze Kraft zur Schau stellen – was jedoch bekanntlich nicht eingetreten ist.

Diese Theorie fällt unter anderem deshalb auf so nahrhaften Boden, weil bereits in den ersten Bänden immer wieder einmal die Rede von dem besagten Krake ist. Interessanterweise handelt es sich dabei aber immer um positive Aussagen und Anekdoten. So lässt sich der Krake von den Schülern füttern und manchmal sogar an den Tentakeln kraulen *(Harry Potter und der Stein der Weisen)*. Es gibt keinen einzigen Bericht darüber, dass der Kraken bösartig sei. Da jedoch die meisten monströsen Geschöpfe, die sich in und um Hogwarts tummeln, nicht unbedingt zu den freundlichsten Gesellen zählen, ist mehr als fraglich, ob der Riesenkrake dabei tatsächlich eine Ausnahme bildet. Mal ganz abgesehen davon, dass es wahrscheinlich selbst ein großer Zauberer wie Godric Gryffindor nicht dauerhaft zustande bringen würde, in der Form seines Animagus in der Welt der Lebenden zu verweilen.

Harry Potter ist geistig verwirrt

Diese fatalistische Fantheorie geht davon aus, dass die gesamte Harry-Potter-Saga reine Einbildung ist. Harry ist demnach in Wirklichkeit ein geistig krankes Kind, das unter einer Persönlichkeitsspaltung und schweren Halluzinationen leidet. Damit wäre sein Leben, Hogwarts und alles, was in der Zaubererwelt passiert, die Ausgeburt einer leidenden Seele, die versucht, der Realität zu entkommen. Alle Charaktere, die guten wie die bösen, sind demnach also Teile von Harry und auf diese Weise verarbeitet er sämtliche äußeren Einflüsse seines echten Lebens. In diesem Fall wären Voldemort und seine Todesser der bösartige Teil seiner Persönlichkeit, der immer wieder in Widerstreit mit dem guten Teil, also Harry selbst, gerät.

Einen Hinweis auf diese Persönlichkeitsstörung liefern unter anderem die ersten beiden Bücher, in denen die Dursleys Harry als geistig verwirrtes beziehungsweise verrücktes und zurückgezogenes Kind beschreiben, das in seiner eigenen Welt lebt.

Aber auch diese Theorie ist etwas zu abwegig, um glaubwürdig zu sein, zumal wirklich stichhaltige Beweise fehlen.

Harry Potter und Hermine Granger sind Geschwister

Die Vertreter dieser Fantheorie behaupten, dass Hermine die große Schwester von Harry sei und von Lily und James Potter bei einer Muggelfamilie versteckt wird, damit der Dunkle Lord sie nicht finden kann. Man kann sich natürlich fragen, warum dieses Vorrecht der Tochter zukommt, dem Sohn aber nicht. Doch genau darin liegt der Spaß bei diesen Theorien – diejenigen, die daran glauben, finden stets Argumente dafür. In diesem Fall wird argumentiert, dass ein Mädchen einfach mehr Schutz benötige als ein Junge, der sich irgendwann selbst wehren könne. Oder dass auf diese Weise zumindest ein Kind völlig sicher sei.

Die Befürworter dieser Theorie erkennen jedenfalls mehrere Punkte, die in ihren Augen eindeutig dafür sprechen, dass Hermine und Harry dieselben Eltern haben:

- Die beiden haben von Anfang an eine Art von tiefer Bindung, die jedoch nie daran denken lässt, dass sie einmal ein Liebespaar werden könnten.
- Die Tochter soll den vollen Schutz bekommen und wird deshalb in die Muggelwelt geschickt, wo sie zumindest bis zu ihrem Schuleintritt niemand finden kann.
- Von den Grangers ist im Grunde gar nichts bekannt, sie spielen im wahrsten Sinne des Wortes keine Rolle. Über alle anderen Familien erfährt man zumindest auszugsweise einige Details.

Die Gegner sehen diese Idee als reine Spinnerei, deren Sinnlosigkeit sich offenbart, sobald man sie genauer unter die Lupe nimmt.

Harry Potter verursacht die Abneigung der Dursleys

Diese Fantheorie besagt, dass Harry selbst der Auslöser für das gemeine Verhalten der Dursleys ist, weil er ein unfreiwilliger Horkrux Voldemorts ist. Die düsteren Auswirkungen eines Horkrux' auf diejenigen, die ihm nahe sind, sind schließlich aus *Harry Potter und die Kammer des Schreckens* und *Harry Potter und die Heiligtümer des Todes* bestens bekannt: Nachdem Ginny Weasley ein ganzes Schuljahr mit dem Horkrux von Voldemort in Form des alten Tagebuchs von Tom Riddle verbracht hat, ist sie nur noch ein Schatten ihrer selbst und befolgt die Anweisungen Voldemorts wie eine Marionette. Beinahe genauso hart trifft es Ron, Harry und Hermine, als sie einen Horkrux des Dunklen Lords bei sich haben: das Medaillon, das sie vorher von Dolores Umbridge gestohlen haben *(Harry Potter und die Heiligtümer des Todes)*. Ihr Wesen verändert sich, während sie ihn abwechselnd tragen, ihre Gedanken werden düster und eigenartig. Die Freunde geraten immer häufiger in Streit. Der Grund dafür: Je länger man der Wirkung eines Horkrux' ausgesetzt ist, desto negativer wird man, denn das magische Artefakt verstärkt die schlechten Gedanken, die man in sich trägt.

Daher klingt die Idee, dass Harry das ablehnende Verhalten der Dursleys unbewusst auslöst, auf den ersten Blick gar nicht so abwegig. Sie verbringen schließlich ganze zehn Jahre mit Harry, dem unfreiwilligen Horkrux. Dann wäre nachvollziehbar, dass die Auswirkungen des Horkrux' die negativen Gedanken der Dursleys im Laufe der Zeit nur verschlimmern. Dafür würde auch sprechen, dass die Dursleys immerhin am Anfang noch so »freundlich« waren, den kleinen Harry überhaupt bei sich aufzunehmen. Mit den Jahren wächst der Hass auf die magische Welt im Allgemeinen und auf Harry im Besonderen - laut dieser Theorie aufgrund der negativ verstärkenden Wirkung des Horkrux'.

Alles in allem also keine schlechte Theorie und ganz bestimmt eine gute Ausrede für Harrys Verwandten. Bei genauerem Hinsehen trägt sie jedoch nicht. Denn wenn Harry tatsächlich diese Wirkung besäße, müssten alle, die länger mit ihm zu tun haben, so unerträglich werden wie die Dursleys, vor allem seine engsten Freunde, also Ron, Hermine und Hagrid, aber auch die restlichen Gryffindors, mit denen er viel Zeit verbringt.

Krummbein gehörte einst den Potters

Abgesehen von der Aussage von J. K. Rowling, dass es sich bei Krummbein um keine »normale« Katze handelt, gibt es einige Argumente, die dafür sprechen, dass der Kater Krummbein einst die Hauskatze der Potters war.

Als Hermine in *Harry Potter und der Gefangene von Askaban* in der Magischen Menagerie den verwahrlosten Kater entdeckt, adoptiert sie ihn vom Fleck weg als ihr Haustier. Die Informationen, die sie bei diesem Kauf über den alten Kater erhält, sind sehr interessant. Man teilt ihr mit, dass niemand ihn in den letzten zwölf Jahren haben wollte und er deshalb eine Art Ladenhüter sei – ein Zeitraum, der beinahe exakt mit dem Tod von Harrys Eltern zusammenfällt.

Außerdem wird mehrfach erwähnt, dass die Potters eine Katze hatten, mit der der kleine Harry oft gespielt hat. Was mit dem Tier nach dem Tod von Lily und James Potter passiert ist, ist unbekannt. Ein weiteres Argument, das zum Nachdenken anregt, ist der Fakt, dass Krummbein von Anfang an eine zunächst unerklärliche Abneigung gegen Rons Ratte Krätze hegt. Der Kater lässt keinen Versuch aus, die unliebsame Ratte zu fressen, ungeachtet aller Entrüstung seiner Besitzerin. Im Nachhinein eine nachvollziehbare Tatsache. Denn in diesem Fall hätte Krumbein von Anfang an über den Verrat von Peter Pettigrew Bescheid gewusst, denn er war schließlich dabei, als der Dunkle Lord Harrys Eltern ermordete. Ein weiterer Punkt, der für diese Theorie spricht, ist der Umgang der Katze mit dem Animagus von Sirius Black. Krummbein ist vollkommen friedlich und macht keinerlei Anstalten, Sirius oder dessen Animagus, den großen Hund, anzugreifen.

Ob Joanne K. Rowling diese Deutung wirklich im Sinn hatte, steht in den Sternen. Ein wirkliches Gegenargument scheint es in diesem Fall nicht zu geben.

Neville Longbottoms verkannte magische Kraft

Neville Longbottom zählt, zumindest in den ersten Teilen der Harry-Potter-Saga, eindeutig nicht zu den Zauberschülern, bei denen man davon ausgeht, dass sie eines Tages Großes leisten werden. Doch in *Harry Potter und der Orden des Phönix* ändert sich dieser Eindruck maßgeblich und steigert sich bis zu *Harry Potter und die Heiligtümer des Todes*, wo Neville sogar zu einer Art Held avanciert.

Wie kommt es, dass Neville urplötzlich doch noch zu einem mehr als passablen Zauberer wird? Einerseits hat dieser Wandel hin zum Helden der Schule schlicht und ergreifend mit der persönlichen Entwicklung von einem Jungen, der schon einiges im Leben mitgemacht hat, zu einem Jugendlichen zu tun. Neville geht diesen Weg der Selbsterkenntnis, bis er ganz genau weiß, wer er ist und was er will. Das allein macht ihn jedoch nicht automatisch zu einem tollen Zauberer. Als Mitglied von Dumbledores Armee, kurz DA, übt Neville ebenso wie seine Mitstreiter das Wirken von Zaubern (fast) aller Art. Aber liegt es wirklich nur an dem harten Training, das er tagtäglich mit den anderen im Raum der Wüsche absolviert? Laut dieser Fantheorie nicht!

Denn diese Idee geht davon aus, dass es Neville bis zum fünften Teil gar nicht möglich war, sein magisches Potenzial voll auszuschöpfen. Der Grund dafür ist schlicht und ergreifend der falsche Zauberstab. Bis zu dem Zeitpunkt, als er einen neuen Zauberstab bei Ollivanders kauft, ist Neville gezwungen, mit dem Stab seines Vaters zu zaubern.

Diese Theorie stützt sich also auf die Tatsache, dass ein Zauberstab nur dann seinem Besitzer wirklich gehorcht, wenn er bei Ollivanders erworben wird, da sich hier der Zauberstab seinen neuen Besitzer selbst aussucht. Die zweite Variante, um das volle magische Potenzial eines Zauberstabs zu entfachen, ist, den Vorbesitzer im Kampf zu besiegen und damit zu entwaffnen. Beides trifft in Nevilles Fall nicht zu, da er seinen ersten Zauberstab »geerbt« hat. Daher liegt der Gedanke nahe, dass seine anfangs so miserablen Versuche in der Zauberei darin begründet sind. Es ist doch überaus bemerkenswert, dass sich seine magischen Fähigkeiten auf so gravierende Weise verbessern, nachdem er den neuen Stab hat. Könnte also durchaus etwas dran sein ...

Rita Kimmkorn ist J. K. Rowling

Eine sehr witzige Fantheorie besagt, dass die Figur der Rita Kimmkorn in Wirklichkeit niemand Geringeren darstellen soll als die Buchautorin J. K. Rowling höchstpersönlich. Die Reporterin des Tagespropheten wird wegen ihrer infamen Lügengeschichten irgendwann aus der Zaubererwelt verbannt. Diese Strafe veranlasst die schneidige Journalistin dazu, ein Buch über die Welt der Hexen und Zauberer zu schreiben, welches sie in der Muggelwelt verkauft. Darin weiht sie die Muggel in alle Geheimnisse der magischen Welt ein und erklärt sämtliche Hintergründe. Das Buch verkauft sich so gut, dass sie immer mehr von dem begehrten Lesestoff für die Muggel produziert und auf diese Weise mit der Zeit sehr wohlhabend und berühmt wird.

Es ist eine durchaus witzige und gar nicht so abwegige Idee, in diesem Fall Vergleiche mit der Autorin zu ziehen, da die Parallelen nicht von der Hand zu weisen sind.

Ron Weasley ist Albus Dumbledore

Diese eigenwillige Theorie taucht immer wieder auf. Die Argumentation ist beinahe so haarsträubend wie die Idee an sich, jedoch gibt es zumindest ein paar Details, die dafür sprechen:

1. **Das Aussehen:** Ron und Dumbledore ähneln sich in Bezug auf ihr Aussehen in mehr als nur einem Punkt. Beide sind – zumindest in den Büchern – groß und hager, haben eine gekrümmte Nase und lange dünne Finger.

2. **Die Verletzung am linken Bein:** Albus Dumbledore hat eine auffallende Narbe an seinem linken Bein, die der Karte der Londoner U-Bahn sehr ähnlich sehen soll. Ron bricht sich im dritten Schuljahr das linke Bein, als Sirius in Hundegestalt ihn durch den Geheimgang zwischen den Wurzeln der Weide zieht.

3. **Die Süßigkeiten:** Beide sind ausgesprochene Naschkatzen mit einer besonderen Vorliebe für Berti Botts Bohnen.

4. **Die Zeitreisen:** Die Theorie geht unter anderem davon aus, dass Ron ein Zeitreisender ist, der sich in der Vergangenheit immer wieder als Albus Dumbledore zeigt. Das würde auch den seltenen Kontakt der beiden erklären, denn Ron ist derjenige der drei Freunde, der Dumbledore am seltensten trifft. Außerdem ist Ron nie bei den Zeitreisen dabei, die Dumbledore mit Harry und Hermine unternimmt. Ein einleuchtender Punkt, denn das wäre, wenn Ron und Dumbledore ein und dieselbe Person wären, nicht zu bewerkstelligen.

Bei genauerer Betrachtung hat die Idee erstens zu wenig stichhaltige Argumente, die dafür sprechen, und zweitens logische Makel bei den Argumenten, die existieren.

Einige weniger bekannte Theorien

Zum Schluss gibt es hier noch einige weniger bekannte, aber nicht minder verrückte Theorien aus dem Internet rund um das Potterversum, die noch erwähnt werden sollten:

- **Snapes verschlüsselte Botschaft:** Diese Fantheorie besagt, dass Snape bei seinem ersten Treffen mit Harry eine verschlüsselte Botschaft überbringt. Denn der erste Satz, den Snape zu Harry sagt, lautet: »Potter, was bekomme ich, wenn ich einem Wermutsaufguss eine geriebene Aphrodilwurzel hinzufüge?« *(Harry Potter und der Stein der Weisen)* Dahinter steckt laut der Theorie folgende Botschaft: Die Aphrodilwurzel gehört zu der Familie der Liliengewächse – also eine Metapher für Lily, Harrys Mutter. Wermut steht in der Pflanzenkunde unter anderem für Trauer oder Schmerz. Demnach drückt Snape damit sein Bedauern aus und seine geheime Message an Harry lautet: »Ich trauere um Lily.«

- **Alternative Schlussszene:** Schenkt man dieser Theorie Glauben, hätte die Schlussszene im letzten Teil der Harry-Potter-Saga anders ausgesehen. In der tatsächlichen Szene stehen Harry und seine Freunde als Erwachsene am Gleis 9 ¾, um ihre eigenen Kinder das erste Mal zum Hogwarts-Express zu begleiten. Die Fantheoie besagt, sie sei ursprünglich so geplant gewesen, dass auch Dudley Dursley mit seinem Kind vor Ort ist. Denn dieses Kind, Petunias Enkel, hat die Zauberergene geerbt.

- **Emma Watson hat die Rolle der Hermine angeblich nur bekommen, weil J. K. Rowling sie am Telefon kennengelernt hat:** Die Autorin hatte eigentlich eine feste Vorstellung, was das Aussehen der fleißigen Schülerin betraf. Sie sollte das typische intelligente, aber äußerlich unscheinbare, beinahe hässliche Mädchen sein. Da Emma Watson aber bekanntlich alles andere als unscheinbar oder gar hässlich ist, war es das Gespräch am Telefon, das die Autorin davon überzeugte, dass Emma Watson die Richtige für die Rolle sei.

- **Snape ist ein Vampir:** Obwohl ihn die Autorin selbst in den ersten Büchern als »zu groß geratene Fledermaus« beschreibt, gehört diese Theorie zu jenen, die sehr weit hergeholt scheinen. Die Argumente, die dafür sprechen, sind äußerst dünn: Snape trägt einen schwarzen Umhang, hat blasse Haut und ist selten im hellen Tageslicht zu sehen. Etwas dürftig. Nichtsdestotrotz hält sich die Theorie wacker und taucht immer wieder auf.

- **Harry Potter ist mit König Arthurs verwandt:** Diese Begründung, die in Fankreisen kursiert, ist gleichzeitig ein Beweis für etwas ganz anderes: Die Geschichten ähneln sich. Beide wachsen ohne Eltern auf und ahnen nichts von ihrer ruhmreichen Zukunft. Außerdem gibt es in beiden Fällen einen mächtigen alten Zauberer, der sich des Auserwählten annimmt, um ihn auf seinem schicksalshaften Weg zu begleiten: Merlin beziehungsweise Dumbledore. Beide besitzen die Macht, ein verzaubertes Schwert zu ziehen: Exkalibur beziehungsweise Gryffindors Schwert. Die Lebenswege der beiden Helden sind sich tatsächlich nicht unähnlich. Trotzdem sind diese Parallelen aber eben nur Ähnlichkeiten und keinerlei Hinweis auf einen Verwandtschaftsgrad.

Kapitel 10

CHARAKTERE IN BUCH UND FILM

Es liegt in der Natur der Sache, dass es bei der Verfilmung von Literaturvorlagen Unterschiede in der Darstellung gibt. Daher ist es nicht weiter verwunderlich, dass sich auch in den Harry-Potter-Filmen Abweichungen finden. Interessant sind dabei vor allem die Veränderungen, von denen die Hauptcharaktere betroffen sind. Denn eigentlich gibt es genaue Angaben über das Aussehen und die speziellen Eigenschaften, sodass der Leser ein entsprechendes Bild vor Augen hat. Doch so manche hervorstechenden Merkmale wurden in der Verfilmung entweder verändert oder sogar weggelassen. Das Verblüffende dabei ist, dass es kaum jemandem auffällt, und wenn, dann nur kurz.

Doch abgesehen von den unauffälligen Veränderungen, gibt es auch Dinge, die jedem sofort ins Auge stechen. Das ist beispielsweise der Fall, wenn plötzlich ein anderer Schauspieler eine Rolle übernimmt. Natürlich versuchen die Filmemacher so etwas zu vermeiden, dennoch gibt es manchmal Schicksalsschläge, wie zum Beispiel beim Darsteller von Albus Dumbledore, die eine Neubesetzung erzwingen. Manchmal werden die Schauspieler aber auch einfach ausgetauscht, was bei den Fans zum Teil zu einer gewissen Enttäuschung führt.

Lavender Brown

Obwohl Lavender Brown nicht zu den Hauptfiguren zählt, hat die Veränderung, die sie in den Filmen »durchmacht«, für einige Schwierigkeiten bis hin zu handfesten Diskriminierungsvorwürfen gesorgt (Moviepilot 26.06.2017). Also ein regelrechter kleiner Skandal rund um die Harry-Potter-Filme.

Was ist passiert? Lavender Brown wird in den ersten Teilen von der dunkelhäutigen Nachwuchsschauspielerin Jennifer Smith dargestellt. Die Schauspielerin war sehr jung und wurde aufgrund dessen später, als ihre Rolle in *Harry Potter und der Halbblutprinz* mehr in den Vordergrund rückte, durch die erfahrenere Jessie Cave ersetzt. Im Normalfall wäre diese Neubesetzung kaum jemandem aufgefallen, da Lavender vorher immer nur im Hintergrund zu sehen war und die Figuren im Laufe der Filmreihe schließlich »mitwachsen« und sich damit auch optisch verändern. Der eine mehr, der andere weniger. Der fatale Fehler, der dem Casting-Team in diesem Fall unterlief: Ein dunkelhäutiges Mädchen wurde durch ein hellhäutiges, blondes ersetzt. Dieser Fauxpas führte nicht nur zu Verwirrung im Publikum, sondern auch zu Anschuldigungen bezüglich einer möglichen Diskriminierung.

Vincent Crabbe

Vincent Crabbe macht in den Filmen die wohl erstaunlichste Veränderung durch: Er verschwindet zeitweise von der Bildfläche. Es mag nicht jedem Zuschauer aufgefallen sein, aber Fakt ist, dass es nach dem sechsten Film keinen Auftritt mehr von Crabbe gibt.

Der Grund dafür ist schlicht und einfach, dass der Schauspieler, der diesen Charakter verkörperte, gefeuert wurde: Jamie Waylett musste im Jahr 2009, noch bevor die letzten Teile der Harry-Potter-Filme abgedreht waren, eine sechswöchige Haftstrafe wegen Drogenbesitzes abbüßen. Das war zu viel für die Produzenten, und so strichen sie Crabbes Rolle kurzerhand aus dem Drehbuch. Zwei Jahre später war Waylett in die Unruhen von London verwickelt und bekam es erneut mit der Polizei zu tun. Dieser »Auftritt« brachte ihm zwei weitere Jahre Gefängnis ein. Seine Anwältin resümierte, dass der Rummel um die Harry-Potter-Verfilmungen zu viel für ihren Mandanten gewesen seien und zu seiner Veränderung beigetragen hätten.

Zu diesem Zeitpunkt startete *Harry Potter und die Heiligtümer des Todes* in den Kinos. Spätestens dann fiel (fast) jedem Zuschauer auf, dass Crabbe zwar wieder mit von der Partie war, nun aber von einer anderen Person gespielt wurde. Louis Cordice übernahm von diesem Zeitpunkt an – und damit auch für die letzten drei Filme – als Blaise Zabini den Posten als Handlanger von Draco Malfoy. Als wahrer Slytherin steht er Crabbe zwar in nichts nach, dennoch hinterlässt Crabbes Verschwinden eine Lücke, die jeder eingefleischte Fan erst einmal verdauen muss. Denn schließlich spielt der hinterhältige und treue Freund Malfoys zumindest in den ersten Teilen immer wieder im Doppelpack mit Gregory Goyle eine wichtige Rolle.

Albus Dumbledore

Aufgrund eines Todesfalls waren leider zwei Schauspieler nötig, um den mächtigsten Zauberer in Harrys Welt zu verkörpern. In den ersten beiden Filmen spielte Richard Harris den Schulleiter von Hogwarts. Er verstarb jedoch im Jahr 2002, und ab dem dritten Teil übernahm Michael Gambon diese Rolle. Dieser Ersatz für einen der wichtigsten Hauptdarsteller der gesamten Harry-Potter-Filmreihe war natürlich für alle Fans erst einmal ein Schock.

Doch abgesehen von den verschiedenen Darstellern, bekommt man in den Büchern auch einen etwas anderen Eindruck von Dumbledore als in den Filmen. Ausschlaggebend dafür sind kleinste Details im Verhalten oder Auftreten des Schulleiters und mächtigen Zauberers, der in den Büchern durch die Beschreibungen J. K. Rowlings gesetzter und ehrfurchtgebietender wirkt. Abgesehen davon fehlt dem einen oder anderen Potterhead vielleicht auch einfach Dumbledores Hakennase, die keiner der beiden Schauspieler besitzt.

Petunia Dursley

Hattest du auch das Gefühl, dass mit Harrys Tante optisch irgendetwas nicht stimmt, als sie zum ersten Mal im Film auftauchte? Was Petunia Dursley betrifft, sind es überwiegend Nuancen, die sie von der Beschreibung in den Büchern unterscheiden. Doch in einer entscheidenden Hinsicht weicht Petunia in den Filmen ab. Es dauert eine Zeit, bis man den offensichtlichsten Fehler ausmacht: die Haarfarbe. Denn Petunia Dursley wird in den Büchern genauso wie ihr Sohn Dudley als blond beschrieben. Im Film hingegen ist sie dunkelhaarig. Dabei wäre es bestimmt keine große Herausforderung für das Filmteam gewesen, die Haarfarbe der Schauspielerin Fiona Shaw zu ändern. Dies ist ein perfektes Beispiel für die große Wirkung von Details, denn den versierten Potterhead macht dieser Unterschied sicherlich stutzig. Die eher kleine Tante Petunia, die in den Büchern extra mit einem langen Hals versehen wird, um ihre angeborene Neugierde befriedigen zu können, wirkt im Film doch anders.

Hermine Granger

Hermine Granger, im Film dargestellt von Emma Watson, ist laut J. K. Rowling eine Art Kopie ihrer selbst. Die aufgeweckte und integre Freundin von Ron und Harry ist durch ihre neunmalkluge Art zwar oft etwas anstrengend, aber aus der Saga nicht wegzudenken. Sie löst schließlich durch ihre Cleverness einige der schwierigsten Aufgaben und steht ihren Freunden in Mut und Tapferkeit in nichts nach.

Was ihr Aussehen betrifft, gibt es einige Veränderungen im Film, die dem eingefleischten Harry-Potter-Fan anfangs zwar sicherlich kurz auffallen, aber vermutlich schnell in Vergessenheit geraten. Da wären zum Beispiel Hermines Zähne: Sie werden in den Büchern immer wieder als sehr groß und hervorstechend beschrieben, was das Gesamtbild der strebsamen Schülerin auf gewisse Weise abrundet. Erst in *Harry Potter und der Feuerkelch* gelingt es ihr, mit einem Schrumpfzauber, den sie von Madame Pomfrey erhält, die Zähne auf ein Normalmaß zu zaubern. In den Filmen hat Hermine dagegen von Anfang an ganz normale Schneidezähne.

Ein weiteres Merkmal sind Hermines buschige Haare, die in den Büchern als äußerst widerspenstig und kaum zu zähmen beschrieben werden. Es ist immer wieder die Rede von Haarnestern, die sich kaum entwirren lassen. In den Filmen ist dieses »Problem« nur im ersten Teil zu sehen. Ab der Verfilmung von *Harry Potter und die Kammer des Schreckens* sind Hermines Haare zwar stets voluminös, aber keinesfalls die strubbelige Mähne, von der in den Büchern die Rede ist.

Griphook

Der Darsteller des Kobolds Griphook wechselte im Laufe der Filme, wobei diese Veränderung höchstwahrscheinlich nicht jedem Zuschauer aufgefallen ist. Grund dafür ist schlicht und ergreifend die aufwendige Maske, die für die Darstellung des Kobolds nötig war. In *Harry Potter und der Stein der Weisen* wird der Kobold, der in der Zaubererbank Gringotts arbeitet, noch von Verne Troyer dargestellt. Später wird der Schauspieler von seinem Kollegen Warwick Davis ersetzt.

Das Interessante daran ist, dass Warwick Davis in *Harry Potter und der Stein der Weisen* bereits eine Rolle gespielt hat: Er ist nämlich Professor Flitwick! Er übernahm in den späteren Filmen dann beide Rollen, weil die Produzenten der Meinung waren, dass nur noch britische Schauspieler an den Filmen mitwirken sollten. Aus diesem Grund wurden auch sämtliche Familienmitglieder von Davis eingebunden – denn sie haben zum einen die perfekte Körpergröße, um Kobolde zu spielen, und sind zum anderen alle Briten.

Viktor Krum

Obwohl Viktor Krum Schüler der umstrittenen Durmstrang-Schule ist, an der keine muggelstämmigen Schüler aufgenommen und schwarzmagische Künste gelehrt werden, macht er einen durchaus sympathischen Eindruck. Nicht zuletzt seine Freundschaft zu Hermine lässt auch den letzten Zweifler seine Bedenken über Bord werfen.

Bei Viktor Krum stellt man gleich mehrere Unterschiede seiner Erscheinung im Film zu der in den Büchern fest. In den Büchern wird Viktor Krum als sehr groß und auf eine gewisse Art durchaus beeindruckend beschrieben. Sieht man Stanislaw Janewski als Darsteller in den Filmen, ist er zwar auch auf seine Weise beeindruckend, doch was die Größe betrifft, reicht er nicht an den beschriebenen Viktor Krum heran. Auch der Rest seines Äußeren harmoniert nicht ganz mit J. K. Rowlings Beschreibungen: Ihm fehlen das dunkle, dichte Haar und die dazu passenden Augenbrauen und die Hakennase. Natürlich wird durch diese Details die schauspielerische Darbietung Janewskis nicht geschmälert, dennoch muss sich der aufmerksame Leser anfangs erst noch mit der Filmfigur anfreunden.

Alastor Moody

Der berühmt-berüchtigte Alastor »Mad-Eye« Moody wird glänzend von Brendan Gleeson dargestellt. Dennoch fehlen auch was diesen Charakter betrifft ein paar Kleinigkeiten, mit denen es der Autorin in den Geschichten gelingt, ein noch besseres Porträt zu zeichnen. Denn die Vorstellung, die man von Alastor Moody nach der Lektüre hat, unterscheidet sich doch in einigen Punkten von der Erscheinung im Film. Zweifellos ist der Moody auf der Leinwand aufgrund seines Aussehens durchaus beeindruckend. Verglichen mit der Romanfigur könnte man aber beinahe von einer Light-Version sprechen. Vor allem sein Gesicht wird in den Büchern weitaus drastischer beschrieben. So ist zum Beispiel die Rede von einem fast gänzlich entstellten Gesicht, in dem nur noch ein Stück der Nase zu sehen ist. In den Filmen erfreut sich Moodys Nase dagegen bester Gesundheit, und die paar Narben auf den Wangen sind dann doch weit von den monsterhaften Zügen aus den Büchern entfernt.

Obwohl es Gleeson im Grunde perfekt gelingt, den seltsamen und beängstigenden Moody darzustellen, ist er am Ende trotzdem noch ein ganzes Stück von der erschreckenden Persönlichkeit des »echten« Aurors aus der literarischen Vorlage entfernt.

Tom, der Besitzer des Tropfenden Kessels

Dem Eigentümer des Pubs Zum Tropfenden Kessel begegnet der Zuschauer bereits in *Harry Potter und der Stein der Weisen.* Zu diesem Zeitpunkt verkörpert noch Derek Deadman den alten Wirt des einschlägigen Lokals, wo sich der Zugang zur Winkelgasse verbirgt. In den Büchern wird er unter anderem als älterer, aber »aufrechter« Mann beschrieben, mit den für einen Wirt typischen Attributen. Ab *Harry Potter und der Gefangene von Askaban* wird Deadman von Jim Taveré abgelöst – eine Entscheidung, die den gesamten Charakter dieser Figur verändert. Der typisch englische Wirt wird nun zu einer gruseligen und vor allem buckeligen Horrorgestalt. Die Veränderung ist so drastisch, dass sich einige Fans anfangs gar nicht mehr sicher waren, ob es sich dabei tatsächlich noch um den gleichen Charakter handelte. Viele gingen davon aus, dass der Tom, der von Jim Tavere gespielt wurde, ein Angestellter im Tropfenden Kessel ist, der nur zufällig den gleichen Namen wie der Wirt trägt.

Dolores Umbridge

Gerade in diesem Fall ist es die detaillierte Beschreibung J. K. Rowlings, welche die ganze Hässlichkeit dieses Charakters sozusagen von innen nach außen kehrt. Die Autorin unterstreicht die fürchterliche Art dieser Frau so perfekt mit ihrem Aussehen, dass es schade ist, dass sich die Filmemacher nicht genauer an die literarische Vorlage gehalten haben. Denn die Dolores Umbridge aus den Filmen ist im Grunde viel zu hübsch für die Person, die sie verkörpert.

J. K. Rowling gelingt dagegen eine perfekte Skizze dieser durchtriebenen Person: Ihr Äußeres ist ein perfektes Spiegelbild ihrer Seele. Dolores Umbridge wird als eine hässliche Frau mit hervorstehenden Augen, einem breiten Mund und fahler Haut beschrieben. Um dem Ganzen die Krone aufzusetzen, trägt die Umbridge in den Büchern immer eine kleine schwarze Schleife in ihrem grauen, dünnen Haar, die einer Fliege so ähnlich sieht, dass man bei ihrem Anblick unweigerlich an eine Kröte erinnert wird. Ein wenig mehr Detailverliebtheit hätte in diesem Fall bestimmt eine enorme Wirkung im Film erzielt.

Lord Voldemort

Was den Charakter des Dunklen Lords betrifft, gibt es gleich mehrere augenfällige Veränderungen in den Filmen. Kein anderer Hauptdarsteller – und auch keine der Nebenrollen – wird von so vielen verschiedenen Personen gespielt wie Lord Voldemort.

Allein für die Rollen in seiner Kindheit sind es drei Darsteller, die den Werdegang des Tom Riddle zeigen:

- Hero Fiennes Tiffin spielt den elfjährigen Tom in *Harry Potter und der Halbblutprinz*.
- Den Part des Fünfzehnjährigen übernimmt Frank Dellane in *Harry Potter und der Halbblutprinz*.
- Christian Coulson verkörpert den sechzehnjährigen Voldemort in *Harry Potter und die Kammer des Schreckens*.

Der erwachsene Voldemort wird von zwei verschiedenen Darstellern verkörpert. Da ist zuerst Ian Hart, der in *Harry Potter und der Stein der Weisen* nicht nur die Rolle des Professor Quirrel spielt, sondern auch gleichzeitig die Animation des Gesichts von Voldemort spricht. In diesem Fall zwar eine relativ logische Entscheidung der Produzenten, da Voldemort den Professor als Wirt nutzt. Trotzdem hatte dies zur Folge, dass in den darauffolgenden Verfilmungen ein anderer Schauspieler für Voldemort gefunden werden musste.

Es besteht absolut kein Zweifel daran, dass Ralph Fiennes diese Aufgabe in sämtlichen weiteren Harry-Potter-Verfilmungen mit Bravour gemeistert hat. Nichtsdestotrotz ist es anfangs gewöhnungsbedürftig, einen völlig anderen Bösewicht vorgesetzt zu bekommen.

Ron Weasley

Auch bei Ron widerspricht die Beschreibung in den Büchern der Darstellung im Film. Seine roten Haare und Rons Charakter werden zwar geradezu meisterhaft von Rupert Grint auf die Leinwand übertragen. Doch all jenen, die zuerst die Bücher verschlungen haben, wird schon in der ersten Verfilmung ein etwas anderer Ron Weasley begegnet sein, als sie ihn sich vermutlich in ihrer Fantasie vorgestellt hatten: Wo ist die lange Nase? Und wo sind all die Sommersprossen hin, die in den Büchern sein ganzes Gesicht übersäen? So mancher wird abwinken und sagen: Was soll's, das sind doch nur Details. Aber genau diese machen die Geschichten von J. K. Rowling so einzigartig und lebendig – und viele davon wären im Grunde im Film kinderleicht umzusetzen gewesen.

Kapitel 11

UNTERSCHIEDLICHE CHARAKTERE, DIE IN DEN FILMEN UMBESETZT WURDEN

Abgesehen von den augenscheinlichen Veränderungen von Buch zu Film beziehungsweise Film zu Film, gibt es aber noch eine bemerkenswerte Anzahl an personellen Umbesetzungen während der Drehs, die sich auf die Nebenrollen beziehen und deshalb nicht gleich auffallen. Folgende Charaktere werden mit verschiedenen Schauspielern besetzt:

Die fette Dame

Die wohlbekannte Hüterin der Räume des Hauses Gryffindor ist für ihre oft schnippische Art bekannt und deshalb ein nicht wegzudenkender Part in den Geschichten. Streng befragt sie jeden nach dem aktuellen Passwort, um in die Räume der Gryffindors zu gelangen. Nach einem Angriff auf ihr Portrait in *Harry Potter und der Gefangene von Askaban*, kehrt sie erst wieder an ihren seit Generationen angestammten Platz zurück, als ihr zwei Trolle als Wachen gewährt werden. Sie wird in *Harry Potter und der Stein der Weisen* von Elizabeth Spriggs gespielt, in *Harry Potter und der Gefangene von Askaban* dann von Dawn French.

Pansy Parkinson

Gleich vier verschiedene Schauspielerinnen: Katharine Nicholson, Genevieve Gaunt, Lauren Shotton und Scarlett Byrne, verkörpern Harrys Mitschülerin, die es mit ihrer unangenehmen Art immer wieder schafft, gegen die Gryffindors zu arbeiten. Dabei lässt sie keine Gelegenheit aus: Sie ist immer zur Stelle, wenn es um verleumderische Aktionen gegenüber Harry und seinen Freunden geht, und steht Dolores Umbridge begeistert als Mitglied des Inquisitionskommandos gegen andere Schüler zur Seite. Deshalb ist es wohl auch kaum verwunderlich, dass sie ab dem sechsten Schuljahr, als Partnerin von Draco Malfoy, keine Gelegenheit auslässt, um im Ansehen des Dunklen Lords zu steigen.

Die graue Dame

In *Harry Potter und der Stein der Weisen* ging die Rolle der grauen Dame noch an Nina Junge, in *Harry Potter und die Heiligtümer des Todes* wurde sie an Kelly Macdonald vergeben. Der unscheinbare Geist trägt aber eine doch weitaus schwerwiegendere Geschichte mit sich, als man es anfangs vermuten möchte. Erst in *Harry Potter und die Heiligtümer des Todes* wird klar, dass es sich bei der grauen Dame um die Tochter der Begründerin des Hauses Ravenclaw - Rowena Ravenclaw - handelt. Doch das ist nicht der einzige Punkt, der erst im siebten Teil zutage treten soll - die Geschichte der Helena Ravenclaw entspricht einem klassischen Drama: Aus Neid auf die so begabte Mutter entwendet Helena dieser ihr magisches Diadem, dass ihr noch mehr magische Kraft verleihen soll. Helana flieht mit dem Diadem nach Albanien. Doch kurz vor dem Tod ihrer Mutter sucht sie ein ehemaliger Geliebter - ein Baron - auf und bittet sie, der Mutter die letzte Ehre zu erweisen. Als Helena ablehnt, geraten die beiden in einen Streit, während dem der Baron seine ehemalige Geliebte ersticht. Aus Gram über diese Tat richtet sich der Baron selbst mit mehreren Stichen hin und geistert seitdem (wie Helena) als Gespenst durch Hogwarts: der rote Baron!

Elphias Doge

Der alte Freund von Schulleiter Albus Dumbledore wird in *Harry Potter und der Orden des Phönix* von Peter Cartwright dargestellt, in *Harry Potter und die Heiligtümer des Todes* aber von Davis Ryall abgelöst.

Katie Bell

In den ersten beiden Teilen verkörpert Emily Dale die Jägerin für das Quidditch-Team von Gryffindor. In Harry Potter und der Halbblutprinz und *Harry Potter und die Heiligtümer des Todes* schlüpfte Georgina Leonidas in ihre Rolle.

Angelina Johnson

In den ersten drei Teilen übernimmt Danielle Tabor die Rolle der toughen Quidditch-Spielerin. Danach wird sie von Tiana Benjamin verkörpert.

Kapitel 12

LATEST NEWS UND GERÜCHTE

Es tauchen immer wieder neue Gerüchte und Informationen zu Harry sowie seinen Freunden und Feinden auf, über die wahre Insider Bescheid wissen müssen. Diese Hintergrundinformationen sind dabei teilweise beinahe so geheimnisvoll wie die Welt der Hexen und Zauberer selbst. Denn was davon wirklich hundertprozentig stimmt, ließe sich wahrscheinlich nur mit Veritaserum herausfinden. Wie man den Saft, der Wahrheit entlockt, herstellt, kannst du bei Interesse in *Das inoffizielle Harry-Potter-Buch der Zauberei* (S. 29) nachlesen. Dann musst du »nur« noch die passenden Zutaten finden ...

Harry-Potter-Serie

Ab 2020 soll es eine Harry-Potter-Serie bei Netflix geben. In diesem Fall wäre wohl, wie anfangs schon erwähnt, eine gehörige Portion Veritaserum nötig, um den Wahrheitsgehalt zu überprüfen, denn das Gerücht ist wirklich nur ein Gerücht.

Harry-Potter-Reisen

Seit einiger Zeit kann man Harry-Potter-Reisen buchen. Man besichtigt die Drehplätze der Filme und kann die magischen Orte auf diese Weise bestaunen und erkunden. Selbst dem Hogwarts-Express ist man auf Gleis 9 ¾ ganz nah. In der Großen Halle von Hogwarts lernt man den richtigen Umgang mit dem Zauberstab und wer möchte, kann sogar einen Ritt auf einem Besen durch die Filmkulissen wagen. Wenn man will, kann man über die verschiedenen Anbieter ganze Reisepakete buchen, um keines der Angebote zu verpassen. In Amerika gibt es sogar ganze Themenbereiche in Freizeitparks (z. B. in Orlando), die genau auf die Welt von Harry Potter abgestimmt sind.

Harry-Potter-Fans sind die besseren Menschen

Laut einer Untersuchung des italienischen Professors Loris Vezzali sind Harry-Potter-Fans die besseren Menschen. In der Fachzeitschrift Journal of Applied Social Psychology erschien dazu am 23. Juli 2014 eine Studie. Der Erziehungswissenschaftler an der Universität Modena fand heraus, dass Jugendliche, die Harry Potter gelesen hatten, sich mit den moralischen Vorstellungen der Helden identifizierten. Außerdem wiesen sie eine größere Toleranz gegenüber Minderheiten auf. Kein Wunder!

Schließlich gibt es in Harrys Welt immer wieder Menschen, die anders sind als die anderen, sie werden aber von ihm, seinen Anhängern und Freunden bedingungslos so akzeptiert, wie sie sind. Die Bücher können laut Vezzali einen wichtigen Beitrag zu Themen wie Intoleranz und Rassismus leisten.

Wizards Unite

Die Erfinder des Augmented-Reality-Spiels »Pokémon Go« entwickeln ein Abenteuerspiel namens »Harry Potter: Wizards Unite« auf der Grundlage der Harry-Potter-Bücher. Bei dem Online-Spiel, das bald herauskommen soll, sucht man in der echten Welt nach Artefakten und lernt gleichzeitig den Umgang mit dem Zauberstab. Währenddessen begegnen dem Spieler natürlich die gefährlichsten Kreaturen und Zauberer aus Harrys Welt, die es zu besiegen gilt (Harry Potter Wizards Unite 2017).

Prequel über Voldemort

Seit Januar 2018 kann sich jeder Interessierte den Film *Voldemort: Origins of the Heir* auf YouTube ansehen. In dem Film geht es um die Kindheit und Jugend Voldemorts – sozusagen ein Erklärungsversuch, wie und warum er zum dunkelsten Zauberer aller Zeiten wurde. Die Macher des Films hatten allerdings keine Genehmigung zur Verfilmung und konnten eine Genehmigung zur Ausstrahlung auf YouTube nur durchsetzen, indem sie die Warner-Bros.-Produktionsfirma davon überzeugten, dass es ihnen nicht um Profit geht, sondern nur darum, einen Fan-Film zu publizieren. Der Film wurde allein in den ersten beiden Tagen seines Erscheinens bereits über vier Millionen Mal angesehen.

Über die Autorin

Pemerity Eagle wurde am 1. April 1971 in einem kleinen Dorf in Schottland, in der Nähe des Ben Nevis, geboren. Dort verbrachte sie ihre Kindheit und Jugend und befasste sich schon früh mit Schriften und Überlieferungen aus der magischen Welt.

Seitdem ist es ihr ein Anliegen, den Menschen durch ihre Arbeit die Welt der Hexen und Zauberer näherzubringen. Mit 21 Jahren verließ sie deshalb auch ihre Heimat und zog nach Deutschland, um sich in der Ferne dem Studium der magischen Welt zu widmen. Seit ihrer Rückkehr verfasste sie diverse Schriften, die nicht magische Menschen auf das fortschreitende Sterben magischer Wirkungen in ihrer Welt aufmerksam machen sollen.

Bibliografische Information der Deutschen Nationalbibliothek:
Die Deutsche Nationalbibliothek verzeichnet diese Publikation in der Deutschen Nationalbibliografie.
Detaillierte bibliografische Daten sind im Internet über http://dnb.d-nb.de abrufbar.

Für Fragen und Anregungen:
info@rivaverlag.de

Originalausgabe
1. Auflage 2018

Nymphenburger Straße 86
D-80636 München
Tel.: 089 651285-0
Fax: 089 652096

Umschlaggestaltung: Laura Osswald
Umschlagabbildung: shutterstock.com/Andrea Danti, shutterstock.com/Lou Oates, shutterstock.com/Milushkina Anastasiya, shutterstock.com/patrimonio designs ltd
Layout und Illustrationen: Leeloo Molnár
Redaktion: Desirée Šimeg
Satz und Projektbetreuung: bookwise GmbH, München
Druck: CPI books GmbH, Leck
Printed in Germany

ISBN Print: 978-3-7423-0643-2
ISBN E-Book (PDF): 978-3-7453-0196-0
ISBN E-Book (EPUB, Mobi): 978-3-7453-0197-7

Weitere Informationen zum Verlag finden Sie unter
www.rivaverlag.de
Beachten Sie auch unsere weiteren Verlage unter
www.m-vg.de